친구한테
차이기 전
33분

친구한테 차이기 전 33분

토드 하삭 로위 지음 ◎ 김영아 옮김

미래인

친구한테 차이기 전 33분

1판 1쇄 발행 2015년 7월 15일
1판 6쇄 발행 2019년 1월 30일

지은이 토드 하삭 로위 **옮긴이** 김영아 **펴낸이** 김민지 **펴낸곳** 미래M&B
책임편집 황인석 **디자인** 이정하
영업관리 장동환, 김하연
등록 1993년 1월 8일(제10-772호) **주소** 서울시 마포구 서교동 464-41 미진빌딩 2층
전화 02-562-1800(대표) **팩스** 02-562-1885(대표)
전자우편 mirae@miraemnb.com **홈페이지** www.miraeinbooks.com

ISBN 978-89-8394-784-0 03840

값 9,500원

그대의 가장 좋은 친구는 바로 자기 자신이다.
— 발타자르 그라시안

11:41

"이걸 한번 생각해봐. 만약에 영국이 프렌치 인디언 전쟁*에서 이기지 못했다면," 그릭스 선생님이 말했다. "우린 지금 다들 프랑스어를 하고 있을 거야."

사실: 지금은 사회 시간이다.

내 손이 올라간다. 손을 들고 싶은지 아닌지도 잘 모르면서. 하지만 이제 늦었다. 손은 이미 들렸다.

사실: 나는 사회 수업을 듣는 학생들 중에서 가장 똑똑하다.(어떤 사람들은 이걸 내 의견이라고 말할지도 모르겠지만.)

그릭스 선생님은 가끔 나를 무시한다. 내가 수업의 '맥을 끊는

● 1755~1763년, 북아메리카 대륙에서 오하이오 강 주변의 인디언 영토를 둘러싸고 일어난 영국과 프랑스의 식민지 쟁탈 전쟁.

찌질한 습관'을 가졌기 때문이다. 하지만 오늘 선생님은 너그러운 눈치다. 분필 조각을 한 손에서 다른 손으로 던져 잡더니 나를 가리킨다.

"흠. 샘 루이스가 아는 게 좀 있는 모양이군. 그래, 말해봐."

나는 아는 게 별로 없는 것처럼 굴려고 애쓴다.

"어, 그러니까 선생님은, 영국이 전쟁에서 졌어도 우리가 지금처럼 멀쩡히 존재할 수 있다고 생각하시는 거예요?"

사실: 웃음소리.

그릭스 선생님은 '또 시작'이라고 생각한 모양인지 콧수염을 씹으며 팔짱을 낀다.

"무슨 말인지 설명 좀 해보지, 샘."

흥미를 느낀 얼굴들이 나를 돌아본다. 나라는 아이의 특기가 발휘되는 순간이기 때문이다. 교실 뒤쪽에 앉아 있고 말이 많으며 가끔 선생님을 화나게 만드는 게 바로 내 특기다.

"〈천둥소리〉라는 소설을 읽은 적이 있어요. 제가 공상과학소설을 좋아해서 아빠가 권해주신 건데, 하긴 제가 그런 소설을 좋아하긴 하죠."

그릭스 선생님이 '제발 요점만' 표정을 짓는다. 그건 콧수염 씹기를 멈추고 눈을 굴리며 머리를 흔드는 동작으로 이어진다. 그래서 나는 서두르기로 한다.

"어떤 사냥꾼들이 시간을 거슬러 과거로 갔는데 그중 한 명이 실수로 나비를 밟았어요. 그게 다예요. 그런데 그 사람들이 현재로 돌아와서 보니 모든 게 달라져 있었어요. 대통령까지도요. 고작 나비 한 마리 때문에요. 그렇다면 영국의 승리는 나비 한 마리보다 엄청나게 큰 일 아닐까요? 선생님은 어떻게 생각하세요?"

그릭스 선생님은 다시 콧수염을 씹으며 팔짱을 풀고 분필을 주머니에 집어넣는다. 그러고는 분필 넣은 걸 잊어버릴 테지. 수업이 끝나면 주머니에 분필이 네다섯 개쯤 들어 있을 거다.

"그래. 그런 것 같네. 그래서?"

의견: 그릭스 선생님은 우리에게 가르쳐야 할 가장 중요한 일이 사실과 의견을 구분하는 거라고 생각한다. 선생님은 자주 이런 말을 한다. "그건 네 의견일 뿐이야.", "이건 반박할 여지가 없는 사실이지." 누군가 사실과 의견을 착각하면 그 실수를 바로잡아 주면서 아주 신나 죽는다. 손가락으로 범인을 가리키면서(선생님의 긴 팔은 교실 중간까지 가로지를 기세다) 미친 과학자처럼 기쁨에 넘쳐 "아하!" 감탄사를 뱉는다. 그릭스 선생님은 내가 좋아하는 교사는 아니다. 솔직히 말하면 상당히 끔찍한 쪽이다. 하지만 사실과 의견을 구분하다 보면 수업이 덜 지루해지니까(바로잡아야 할 실수가 넘쳐나므로) 그래도 최악의 교사는 아니라고 할 수 있겠다.

"그러니까 잘은 몰라도, 영국이 전쟁에서 졌다면 우리는 지금처럼 여기 앉아 있지 않을 수도 있어요. 어쩌면 사회 수업 자체가 없어졌을지도 모르죠."

사실: 아이들 대부분이 낄낄거리거나 하이파이브를 주고받는다.

"진정들 하지." 그릭스 선생님이 우리 쪽으로 몇 걸음 성큼성큼 걸어와서 목소리를 높인다. "그만들 하라고." 선생님이 나를 빤히 바라본다. 기분이 좋아 보이진 않는다. "알았다, 샘. 이해했어. 아주 영리하군. 그럼 이렇게 말하면 어떨까? 그 전쟁은 아주," 선생님이 말을 멈추고 콧수염을 야금야금 씹으며 얼굴을 말아 올린다. "결정적인 전쟁이다."

"좋아요."

나는 어깨를 으쓱하며 대답한다. 왜 손을 들었을까 후회하면서.

그릭스 선생님의 눈이 갑자기 반짝 빛난다.

"그런데 샘, 넌 알 거야. 이 결정적인 전쟁이 두 강의 합류 때문에 시작됐다는 걸."

선생님은 손가락을 딱 튕기면서 입술을 오므린 채 뭔가 기억이 안 나는 척한다.

"그 두 강의 이름이 뭐더라?"

나는 자세를 고쳐 앉으며 대답한다.

"앨러게니와 머농거힐라 아닌가요?"

그릭스 선생님은 돌아서서 칠판을 향해 천천히 걸어간다. 그러더니 홱 돌아서서 으스스한 미소를 지으며 또 묻는다.

"그러면 샘, 그 두 강은 어느 도시에서 합류하지?"

나는 연필을 꽉 쥐고 선생님의 콧수염에 초점을 맞춘다.

"어어어…."

그릭스 선생님의 미소가 커지기 시작한다. 이건 우리한테 결코 가르쳐주지 않은 사실이기 때문이다. 하지만 다행스럽게도 우리 부모님은 차에 늘 지도책을 비치해뒀고 나는 가끔 그 책을 열심히 들여다봤다.

"피츠버그인가요?"

선생님은 1분 전보다 얼굴이 벌게졌지만 포기하지 않는다.

"그럼 두 강은 어느 강과 합류하지?"

선생님이 다시 웃는다. 너무나 어리석게도 나를 망신 줄 수 있다고 생각하기 때문이다. 하지만 오늘은 4월 12일이다. 이 말은 선생님이 나를 가르친 지 8개월이나 되었고 지금쯤이면 나를 좀 더 잘 알 때가 되었다는 뜻이다.

"어때, 너라면 잘 알 텐데, 안 그래?"

나는 정말로 그릭스 선생님에게 이러고 싶지 않다. 이럴수록 선생님은 더 나를 망신 주고 싶어서 안달이 날 뿐이다. 하지만 난들 어쩌겠어? 나는 조용히 대답한다.

"오하이오 강입니다, 선생님."

11

누구한테도 말한 적은 없지만 내가 우리 학교에서 가장 똑똑한 사람이란 건 진짜 사실이다. 하지만 분명히 어떤 사람들은 이것도 나의 의견일 뿐이라고 하겠지.

사실: 여기저기서 킥킥거린다.

똑똑한 게 항상 그렇게 좋기만 한 건 아니다.

그릭스 선생님의 온 얼굴(눈, 코, 콧수염, 그리고 입)이 분노의 빨간 점으로 줄어든다. 가끔은 선생님의 얼굴이 고무로 만들어지지 않았나 싶다. 선생님의 얼굴로는 가능한 일을 보통 사람들의 얼굴

열받음

흥분함

굴욕을 느낌

짜증남

승리감에 도취됨

무중력 상태

은 절반도 할 수 없기 때문이다.

나는 에이미 다카하라를 바라본다. 에이미가 나한테 살짝 웃어준다. 우리 사이를 친구라고 부를 수 있는지 정확히 모르겠지만 나는 그렇게 부른다. 에이미가 나한테 웃어줄 때나 내 곁에 있을 때면, 특히 최근 들어, 내 뱃속이 거대한 롤러코스터 꼭대기에 있을 때처럼 된다.

에이미는 2학년이 시작될 무렵에 전학을 왔다. 에이미는 평생 한 번도 철자를 잘못 쓴 적이 없을 것 같다. 거기다 필체까지 완벽하다.

지난 10월의 어느 날, 그릭스 선생님이 칠판에 'bucaneer'●라고 쓰자 에이미가 꼼지락거리기 시작했다. 평소엔 완벽하게 가만히 앉아 있는 애였다. 왜 그러나 가만히 지켜보니 잽싸게 공책 뒤쪽을 펼치고 이렇게 썼다. 10월 17일: bucaneer, buccaneer. 그 페이지엔 지금 90개의 단어가 적혀 있다. 그릭스 선생님은 철자법에 재능이 없기 때문이다. 추수감사절 무렵에 나는 에이미한테 쪽지를 보냈다. *선생님한테 철자가 틀렸다고 말해주지 그래?* 쪽지를 읽는 에이미의 눈이 커다래졌다. 나는 이렇게 쓴 쪽지를 받았다. *절대 안 돼!!!!* 에이미는 '안 돼'에 밑줄을 아홉 번쯤 그었다.

● 해적을 뜻하는 단어 buccaneer에서 철자 c가 하나 빠졌다.

나는 요즘엔 쪽지를 잘 쓰지 않는다.

교실 앞쪽에서 킥킥거리는 소리가 아직도 들린다. 모건 스털츠가 앉는 쪽이다. 가슴 깊숙한 곳에서 올라오는 듯한 '후-후, 후-후, 후-후' 소리로 보아 내가 모건을 웃긴 모양이다. 하지만 모건이 나보다 정확히 세 줄 앞에 앉아 있기 때문에 확실하진 않다. 학년 초에 우리가 너무 많이 떠드는 바람에 그릭스 선생님이 모건을 앞쪽으로 옮겨 앉혔다. 모건도 철자법을 잘하진 못하는데 특히 모음에 약하다.

의견: 사실/의견 구분의 문제점은 둘을 구분하는 게 항상 그렇게 분명하지만은 않다는 거다.

어제 모건이 나더러 '찌질이'라고 말한 건 분명히 의견이다. 하지만 거기 있었던 나머지 세 사람이 확실히 동의한다면 그건 사실이 되는 게 아닐까?

그릭스 선생님은 역사와 지리의 만남에서 '결정적'으로 패배했다. 하지만 이 패배가 누구 탓인지를 상기시키는 동시에 아이들이 모두 나를 미워하도록 만드는 전략을 써서 즉시 패배를 만회했다.

"좋아. 다음 주 월요일 예정이던 시험이 이번 금요일에 있을 거다."

사실: 아이들 대부분이 "윽" 하고 신음한다.

의견(아마도): 정확히 33분 뒤에 내 엉덩이는 작살날 거다.

미래에 대한 진술이 사실인지 의견인지 말하기는 어렵다. 그건 아직 일어나지 않은 일이므로 분명히 사실은 아니다. 하지만 이걸 생각해보자. 어제 모건이 세 명의 목격자 앞에서 내 얼굴에 대고 이렇게 말했다. "내일 점심시간에 엉덩이를 완전 작살내줄 테다." 이 말을 할 때 모건의 얼굴이 하도 시뻘게서 (나와 내 엉덩이가 아니라) 모건을 걱정해야 할 지경이었다.

모건은 나보다 20센티미터 더 크고 18킬로그램이나 더 나간다.(사실) 말할 것도 없이 학교 최고의 운동선수다.(3분의 2는 사실, 3분의 1은 의견) 그리고 나는 최악의 운동선수다.(사실, 의견 절대 아님, 100% 장담) 거기다 나는 모건을 아주 잘 안다. 왜냐하면 우리는 '베프'였기 때문이다.(사실) 모건은 실천하지 않을 생각이면서 겁만 주지는 않는다.(자신 있는 의견)

그렇다면 모건이 내 엉덩이를 작살내는 건 이미 사실 아닌가?

사실: 마침종이 울리고 있다.

32분 남았다.

11:45

와그너 중학교의 그런대로 깨끗한 복도를 혼자 걷는 것은, 비록 살아 있을 시간이 30분 정도밖에 안 남았을 때라도, 생각을 모으는 데 도움이 된다.

예를 들자면 이런 거다.

왜 사람들은 '엉덩이를 작살낸다'라고 말하는 걸까? 어제 저녁 모건이 내 엉덩이를 작살낼 계획을 공표한 뒤 바로 인터넷에서 그 해답을 찾아봤지만 아무것도 없었다. 이 표현이 어디에서 유래된 것인지 진짜 알고 싶다. 누군가가 "꺼져, 샘. 튀어도 돼. 괜찮아. 왜냐면 내일 점심시간에 엉덩이를 완전 작살내줄 테니까. 맹세해!"라고 말했다면, 사실은 이렇게 말한 거다. *샘, 내가 너를 겁나게 아프게 해줄 테다.*

그런 뜻이라면 '엉덩이를 작살낸다'는 건 기묘하게도 멋진 표현이다. 만약 누군가가 우리 몸의 어딘가를 기어이 차려고 한다면 거기가 엉덩이이기를 바라게 되지 않을까? 엉덩이는 우리 몸에서 가장 푹신한 곳이니까. 다른 부위들을 떠올려보면 어떤 곳들은 죽어도 차이고 싶지 않다는 걸 알게 된다. 손, 정강이, 겨드랑이, 복부, 얼굴, 그리고 어, 아주 민감한 어떤 부위.

나는 진짜로, 정말로, 아주 민감한 어떤 부위는 절대로 차이지 않았으면 좋겠다.

복도의 벽은 각종 포스터로 반쯤 덮여 있다. 나는 이렇게 생긴 포스터 옆을 지나간다.

복도는 수백 명의 바이킹●들로 복닥거린다. 많은 애들이 특별한 관심으로 나를 바라보고 서로 팔꿈치로 찌르며 하나같이 내가 당할 일에 대해 즐겁게 속닥거린다.

중학교 세계에서 누군가의 엉덩이가 작살날 거란 소식은 절대로 비밀이 될 수 없는 법이다.

'멈춰!' 포스터의 관점으로 보면 이렇다. 모건은 누굴 괴롭히는 애가 아니다. 나와 알고 지내는 동안 모건은 한 번도 폭력을 쓴 적이 없다. 그렇다, 모건은 단지 나한테 아주, 몹시, 완전 화가 나서 그런 말을 한 것뿐이다. 이건 '괴롭힘'과는 다른 문제다. 벤슨 교장선생님의 말에 따르자면 '괴롭힘'이란 강한 사람이 약한 사람의 약점을 반복적으로 이용하는 것이니까.

나는 '괴롭힘'의 사례에서 교장선생님을 제외시킬 수가 없다. 우리한테 무려 아홉 시간짜리 장시간의 '괴롭힘은 안 돼!' 모임을 강요했기 때문이다. 내 점심값으로 교장선생님의 끝없는 횡설수설을 막을 수 있다면 난 기쁜 마음으로 주머니를 탈탈 털었을 거다.

사물함 앞에 도착해서 문을 연다. 28-13-21. 문을 열자 그동안 보관해두었던 도시락 냄새가 나를 환영한다. 엄마가 늘 싸주는 달걀 샐러드 샌드위치. 오늘같이 불운한 날에 이 정도 냄새는 나쁘

● 주인공이 다니는 와그너 중학교의 상징이 바이킹이다.

지 않다. 두 칸 밑의 사물함은 크리스 태글리의 것이다. 베프였던 모건이 내 엉덩이를 작살낼(얼굴을 칠 가능성이 더 높아 보이지만) 사람으로 변한 것에 어느 정도 책임이 있는 또라이 녀석이다.

크리스는 2년 전 여름 이웃집에 이사 왔다. 1학년이 되기 며칠 전이어서 또렷이 기억하고 있다. 문을 두드리는 소리가 나길래 누군가 싶어 나가 봤더니 '게임보이'를 하고 있는 크리스와 태글리 씨가 서 있었다. 태글리 씨는 토요일인데도 멋진 정장 차림이었다.

"안녕, 난 밥 태글리다." 크리스의 아빠가 나한테 손을 내밀며 말했다. "그리고 얘는 내 아들 크리스란다."

"안녕, 난 샘이야."

나는 태글리 씨와 악수하며 크리스를 쳐다봤지만 그 애는 게임보이에서 눈도 떼지 않았다.

"샘," 나한테 뭘 팔기라도 하려는 사람처럼 태글리 씨가 웃으며 말했다. "너희 어머니나 아버지께 드릴 말씀이 있는데, 혹시 집에 계시니?"

나는 집 안으로 태글리 부자를 안내했고, 우리는 부엌 테이블에 앉아 이야기를 나눴다.

크리스가 와그너 중학교에 다니게 됐는데 태글리 씨는 직장이 아주 멀리 떨어져 있어서 아주 이른 시간에 출근을 해야 한다고 했다. 태글리 씨가 물었다.

"제가 매일 아침 크리스를 댁 앞에 데려다놓으면 아드님과 학교까지 함께 걸어갈 수 있을까요?"

"물론이죠."

엄마는 태글리 씨에겐 커피를, 크리스에겐 쿠키를 내놓으면서 다정하게 웃었다.

그로부터 이틀 뒤 7시 15분에, 크리스는 당연하다는 듯이 우리 집 계단에 앉아 있었다.

처음엔 별로 나쁘지 않았다. 나는 이곳이 낯선 크리스한테 이것저것 설명해주었고 크리스도 내 말을 귀담아 듣는 것 같았다.(하지만 와그너 중학교는 우리 둘 다 처음이라서, 내가 크리스보다 더 많이 알지는 못했다.)

"저긴 캐피털 마트야." 와그너 중학교로 처음 등교하는 월요일에 나는 크리스한테 말했다. "미들벨트에 있는 퀵피크보다 가깝지. 하지만 점원들이 애들을 안 좋아해. 우리가 맨날 가게 물건을 훔치려 든다고 생각하거든. 거기다 초코바는 퀵피크가 더 싸."

"그러든가 말든가." 크리스가 비웃듯이 말했다. "난 절대로 안 잡혀."

크리스의 게임보이에는 게임이 엄청나게 많았다. 그리고 자기가 챙겨 온 아침을 늘 나눠줬는데 대개는 팝 타르트 두 봉지였다. 우리 부모님이라면 나한테 절대로 안 줄 인스턴트 음식 말이다.

크리스는 말이 별로 없고 아침에 전날 입었던 옷차림 그대로 가방도 없이 나타나는 날이 많았지만, 그래도 우리는 친구 비슷한 사이가 되었다. 그러다가 모건이 우리 집에 와 있을 때 크리스를 초대하는 실수를 저질렀다. 그때 모건과 크리스가 친구가 됐기 때문이다. 처음에는 괜찮았다. 우리 셋 다 서로 친구였으니까. 게다가 모건과 크리스보다는 나와 모건, 나와 크리스가 더 가까웠으니까.

하지만 그때 모든 것이 변했다. 모든 것이 송두리째.

"이젠 크리스네 집에 가서 노는 게 좋겠어." 한 달쯤 지난 어느 날, 모건이 유튜브에서 멍청한 비디오를 보다가 뜬금없이 말했다. "거기 완전 근사해."

"너, 크리스네 집에 가봤어?"

어떤 녀석이 공중제비를 시도하다 머리로 떨어져 거의 기절하는 장면에서 내가 물었다.

"응." 영상 속의 그 불쌍한 녀석 때문에 넘어갈 것처럼 웃으며 모건이 대답했다. "집 안이 어마어마하더라. 완전 대저택 같아. 진짜야."

"크리스네 집엔 언제 갔는데?"

나는 아직 크리스네 집에 한 번도 못 가봤다.

"지난주 일요일." 모건은 대수롭지 않다는 듯 말했다.

"아, 잠깐만." 모건이 영상에 뭔가 댓글을 달기 시작했다. "얘네들, 수영장에 뛰어드는 거 봤어? 진심 꿀잼!"

우리 관계는 다음과 같다.

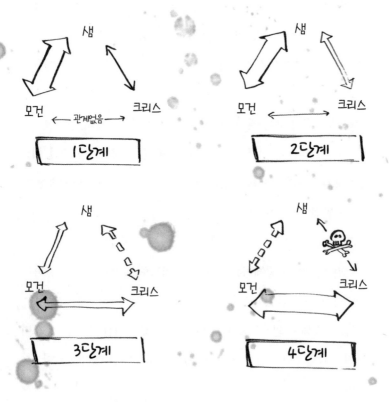

크리스가 지켜보는 걸 느끼면서 나는 사물함의 열린 문 뒤에 숨어 조용히 도시락을 치우기로 한다. 하지만 사물함이 덜그럭거리는 바람에 물거품이 되고 만다. 하여간 학교란 곳은 죄다 이렇게

허접하다.

크리스가 나를 보며 씨익 웃는다. 크리스의 소름끼치는 히죽거림과 아까 에이미의 마법의 미소 사이엔 '웃음'이라는 것 말고는 눈곱만큼도 공통점이 없다. 그런데도 내 뱃속이 찌릿찌릿하다.

"안녕, 새앰." 크리스가 유령이라도 된 것처럼 말한다.

크리스네는 부잣집의 불행 버전이다. 크리스네 집은 3층짜리 건물에, 나선형 계단에, 실내 수영장도 있고, 사우나도 있고, 핀볼 머신까지 있다. 그런데 무슨 이유에선지 크리스한테 꼭 필요한 교정기를 살 돈은 없는 모양이다. 크리스의 이빨은 꼭 네 살짜리 애의 이빨 같다. TV 광고에 출연해도 손색이 없을, 에이미의 진주 같은 하얀 이와 비교된다.

크리스는 모건의 협박을 지켜본 목격자 중 하나다. 사실 모든 일은 크리스네 집 진입로에서 일어났다. 거기는 지난봄 우리의 비공식 모임 장소로, '어른'의 그림자도 보이지 않는 곳이다. 태글리 씨는 컨설턴트인데 싱가포르, 말레이시아, 필리핀 같은 외국에서 대부분의 시간을 보낸다고 한다.(이 정보는 도저히 믿을 수 없는 그의 위험한 아들한테서 나온 거다.) 하지만 나는 태글리 씨가 사실은 국제 스파이 아니면 성공한 범죄자일 거라고 생각한다. 내가 확실히 아는 건, 엄마는 뉴저지에 살고 누나는 대학으로 달아났기 때문에 크리스가 집에 혼자 있을 때가 많다는 사실이다.

부모님께 이런 것들을 모두 말씀드렸어야 했겠지. 부모님이 진심으로 나를 걱정한다면 말이다. 하지만 내가 뭘 어쩌겠어? 부모님은 늘 이런 식으로 말한다. "성적이 오르는 한 얼마든지 원하는 대로 해도 돼." 어이없다. 그러니 어쩌라고? 부모님이 나를 걱정하도록 일부러 바보짓을 할 필요는 없는 거잖아?

"안녕, 크리스." 내가 이 말을 크게 했는지 어떤지 모르겠다.

크리스네 집에서는 나쁜 일들만 벌어졌다. 거실 구석의 푹신한 카펫에서는 돌처럼 굳은 개똥이 나왔다. 집 안에 있는 양어장에는 다트 화살이 둥둥 떠다녔다. 3층 창문에서 아무 경고도 없이 내던진 볼링공이 바로 내 코앞에 떨어지기도 했다. 아무도 이렇게 소리치지 않았다. *어이 샘, 조심해. 창문 밖으로 볼링공을 떨어뜨릴 거야. 멍청한 짓이란 거 알아. 하지만 3층 창문에서 볼링공을 내던지는 건 진짜 짜릿한 일이지, 안 그래? 그러니까, 고개 들고 조심해.*

"점심이야, 새앰-새앰. 점심시간이라고!" 크리스는 깐족거리느라 엄청 행복해 보인다. 이도 이지만 크리스의 피부는 보통 사람들보다 훨씬 푸르죽죽하다.

걔들은 아무 말도 하지 않았고, 볼링공은 나한테서 1미터쯤 되는 곳에 떨어졌다. 걔들이 나를 죽이려 했다고는 생각하지 않는다. 정말이다. 하지만 발밑에서 아스팔트가 갈라지는 게 느껴졌고 모든 땀구멍에서 갑자기 땀이 숭숭 솟아올라 옷이 흠뻑 젖을 지경이 되었다. 3층 창문에서 떨어진 6킬로그램짜리 볼링공에 박살 나지 않았다는 걸 알고 나서도 땀은 계속 흘러내렸다. 체취 제거제 회사에서 일하는 과학자들은 왜 이런 식으로 땀이 나는지 설명할 수 있을지도 모르겠다. 나한테는 이해할 수 없는 당혹스러운 현상이 하나 추가된 것뿐이지만.

나는 사물함을 닫고 크리스한테서 돌아선다. 크리스 바로 뒤쪽이 식당이란 걸 나도 알고 크리스도 알지만.

크리스는 진짜로, 정말로 낄낄거리는 데는 재능을 타고났다.

11:49

만약 와그너 중학교의 구내식당을 훨씬 시끄럽게 만들고 싶은 악당이 있다손 치더라도 그가 써먹을 수 있는 방법이 하나라도 있을까 의심스럽다. 내가 알기론 (아마) 천장이 방음 타일이라던데 아무래도 아닌 것 같다. 식사를 위해 만들어놓은 이 형편없는 소굴로 발을 들여놓는 순간, 온 동네 굴착 드릴이란 드릴은 다 끌어다 놓은 게 아닌가 싶을 지경이다.

구내식당은 지구상에서 가장 끔찍한 곳이다. 왜냐하면 450명이나 되는 사람들과 한 곳에서 음식을 먹고 싶은 사람은 아무도 없을 테니까. 음식이라도 끝내주게 맛있다면 또 모를까. 하지만 와그너 중학교와는 (쳇) 전혀 상관없는 얘기다.

앞 문단의 두 문장은 의견이지만 마지막 문장은 사실이다. 믿어도 된다.

냄새 또한 말할 것도 없다. 딱 내 사물함에서 나는 냄새 같다.

- 아이들이 들어가면 식당 문이 닫힌다.
- 여기서는 만 번도 넘게 점심식사가 차려졌다. 맛이 간 달걀 샐러드 샌드위치도 엄청나게 많이 포함되었다.
- 음식 냄새는 30년이라는 긴 세월 동안 여기 갇혀 있었다. 매일 오후 식당 바닥의 타일을 씻어낼 때 쓰는 세제 냄새와 섞인 채로.

그 결과: 표백제-참치 콤보 공기청정제 냄새.

이 정도만 해도 괴로운데 올해는 상황이 더 나빠졌다. 아이들을 증오하는 무슨 위원회가 '바르게 먹자!'라나 뭐라나 하는 캠페인을 들고 나선 거다. 이게 무슨 뜻이냐면 우리가 이제 일주일에 닷새를 매일 30분 동안 달콤한 '불량식품'의 위로 없이 이 거대한 음식 동굴에서 살아남아야 한다는 거다.

같이 앉아서 점심을 먹을 친구가 있다면 식당의 냄새는 조금 덜해진다. 하지만 지금 나는 30초 동안 식당 입구에 굳은 채로 서 있다. 어디에 앉아서 점심을 먹지 '말아야' 할지(예측할 수 없는 엉덩이 작살, 또는 복부 강타에 대비해 위장을 비워두는 게 낫겠다는 생각이 들었다) 알 수가 없기 때문이다. 예전에 앉던 자리는 이제 글렀다. 모

건과 나 사이는 몇 달 동안 썩 좋지 않았다. 그래도 지난 금요일

까지는 우리 패거리 끄트머리에 앉아서 도시락을 내려놓을 수 있

었다.

하지만 이제 더 이상은 안 된다.

작년 9월까지만 해도 나와 모건은 늘 붙어 다녔다. 주말이면 모

건이 우리 집에 와서 X와 O로 가득한 플레이북●을 거실 바닥에

펼쳐놨고 나는 모건이 작전 외우는 걸 도와줬다. 우리 아빠는, 연

구실에서 끌어낼 수 있을 때면(대개 못 끌어냈지만), 쿼터백이 돼줬

다. 우리는 물건(베개, 주전자, 현미경, 구두, 토스터, 커다란 레고 상자)

을 잔뜩 늘어놓고 그것들을 선수로 가정해서 연습했다. 모건의

포지션은 러닝백으로 쿼터백 뒤에 있는 O가 모건이었다. 나는 상

대편의 미들 라인배커로 가운데 있는 X에 자리 잡았다.(나는 내 위

치를 'X-4'로 부르길 좋아했다. 모건이 작년에 수학을 포기하지만 않았어도

이해할 수 있는 별명이다. 모건은 풋볼을 시작하기 전만 해도 수학을 곧잘

했다. 그 멍청한 헬멧이 머리를 보호해주는 대신 모건의 두뇌를 꺼버린 것

같다.) 그런 뒤 경기 시작을 외치고 모건이 그때그때 맡은 역할을

기억하고 있는지 확인해나갔다.

가령 내가 "동쪽 H-24"라고 외치면 아빠(아니면, 쿼터백을 맡은

● 풋볼에서, 팀의 공격과 수비에 대한 작전 등을 도표와 함께 기록한 책

레고 상자)가 공을 가로채서 모건한테 넘긴다. 그러면 모건은 오른쪽, 왼쪽 중에서 어디로 가기로 돼 있는지를 기억해야 한다. 그런 뒤 진공청소기와 로켓 발사장치와 세탁 세제와 모형 자동차 사이를 달린다. 그러면 내가 태클을 할 건지 말 건지 '예스'와 '노'로 알려준다.(가끔씩 나는 모건의 다리를 잡고 부드러운 카펫을 지나 주방까지 질질 끌려갔다. 그것도 좋은 훈련법이라고 모건이 생각하기 때문이었다.)

선수 O와 X-4는 이런 식으로 한 시간 넘게 연습했는데 모건은 작전을 제대로 이해하는 게 아주, 몹시, 엄청 느렸다. 하지만 난 상관없었다. 모건이 제대로 이해하기를 바랐기 때문이다. 이건 진심이었다. 게다가 모건과 팀이 되는 이때 우리는 서로 가장 가깝게 느껴졌다. 때로는 모건도 나의 '수학거인' 클럽 활동을 도와줬으면 싶을 때가 있었다. 하지만 모건이 나한테 가르쳐줄 수 있는 건 많지 않았다. 모건이 단 한 번이라도 내가 획득한 수학 점수에 관심 있는 것처럼 굴었다면 덜 섭섭했을 텐데.

나는 여전히 앉을 자리를 찾고 있는 중이다. 그때 아주, 몹시 나쁜 이 식당에서 최악의 사실 하나를 더 알아차린다. 이곳 전체를 책임지는 사람이 누군지 모르겠지만 그 사람이 애들을 무지막지하게 증오한다는 사실—바로 와그너 중학교 샐러드바. 아, 나는 샐러드에 반대하지 않는다. 상추가 무조건 악한 건 아니다. 특히 햄버거에 들어갔을 때는. 하지만 샐러드바가 죄다 그런 것들로

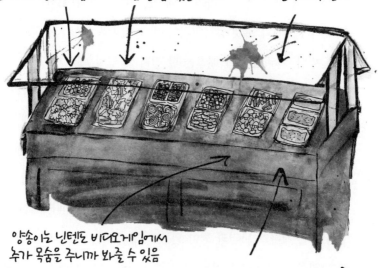

안 익힌 브로콜리를 주는 건 테러 행위 아님?

이 상추가 사람이라면 지금 죽쯤 됐을 거다.

완전 역겨운 콧물막이 플라스틱 덮개

양송이는 닌텐도 비디오게임에서 죽가 목숨을 주니까 봐줄 수 있음

블루치즈 드레싱 = 곰팡내 장난 아님

채소 아닌 맛난 것들은 다 어디 간 거야?!

만 가득하다면? 말하나 마나 그건 세상 최악의 샐러드바다.

 말할 수 없이 비참한 이 샐러드바는 프레첼 스탠드나 소프트아이스크림 머신이 있을 법한 자리에 떡하니 버티고 서 있다.

 오, 소프트아이스크림이여!

 안식처를 찾아 악의 식당을 둘러보던 나는 채식주의의 수호자가 될 만한 천사를 하나 발견한다. 바로 에이미 다카하라. 에이미

도 나를 본다.

"안녕, 샘!"

에이미가 웃자 내 뱃속이 또 한 번 뒤집어진다. 나는 균형을 잡을 겸 에이미한테 손을 흔든다. 에이미가 자기 쪽으로 오라고 손짓한다.

에이미는 아마 동아시아계 유전자 탓이겠지만 와그너 중학교에서 나보다 작은 네 명에 들어간다. 에이미 옆에는 케이틀란 필립스가 서 있다. 소프트볼 선수인 케이틀란은 난쟁이 오형제에 낄 인물이 결코 아니다.(내 키는 아마 얘 무릎쯤 가지 싶다.)

에이미가 팔꿈치로 나를 쿡 찌르며 말한다. "샘, 너 오늘 그릭스 선생님 시간에 완전 재밌었어."

토끼이빨 케이틀란이 묻는다. "샘이 어쨌는데?"

에이미가 한 번 더 나를 찌른다. "케이틀란한테 네가 뭘 했는지 들려줘."

나는 에이미의 영양 가득한 점심 식판을 안 보려고 했지만 실패한다. 상추 위에 열 개도 넘는 병아리콩이 있는데 콩알 하나하나가 콧물 같은 막으로 싸여 있다.

나는 눈을 감고 묻는다. "끔찍한 병아리콩을 먹다니 넌 배짱이 참 대단하구나?"

"그럼! 난 병아리콩을 지이이인짜아아아 사랑해." 에이미가 노래하듯 대답한다.

"거기다." 소프트볼 영재가 거든다. "병아리콩엔 항산화 성분이 아주 많거든."

나는 많은 걸 알지만, 항산화 성분에 대해선 모른다. 당황한 얼굴로 보아 에이미 역시 모르는 것 같다. 그렇다고 에이미가 그 단어의 철자를 정확하게 못 쓸 거란 뜻은 아니다.

에이미가 접시 끄트머리로 내 가방을 툭툭 치며 묻는다. "네 가방엔 뭐가 들었어?"

나는 구내식당을 둘러봤지만, 마땅한 자리는 여전히 없다.

"점심?"

"그래, 바보야." 에이미가 또다시 나를 찌른다. 아마 내 주의를 끌기 위해서겠지. "네 점심."

나는 웬만하면 병아리콩을 쳐다보지 않으려고 노력하면서 에이미를 향해 돌아선다.

"나도 몰라. 근데 지금은 별로 배 안 고파."

"왜?"

에이미는 나를 몹시 걱정하는 것처럼 보인다.

"그냥."

나는 잠시 후 얻어터질 일과 '점심' 사이에 아무런 상관이 없는 것처럼 대답한다.

순간 케이틀란이 몸을 숙여(정확히는 아주 많이 낮춰) 에이미한테 귓속말을 한다. 내가 바로 앞에 서 있는데도 말이다. 케이틀란이 윗몸을 숙이자 시야가 확 트이면서 점심을 사기 위해 줄을 선 아이들의 모습이 보인다.

"아니, 못 믿겠어." 에이미가 반쯤 속삭이듯 말한다.

케이틀란이 어깨를 으쓱한다. "암튼, 전부 다 그러던데?"

"샘, 진짜야?" 에이미의 완벽한 얼굴에 더 큰 걱정이 서린다.

내가 이 질문에 대답하려는 찰나, 점심을 산 모건이 줄에서 걸어 나왔다.

11:53

오늘은 둘째 월요일이다. 월요일이면 늘 그렇듯 메뉴는 치킨 패티 샌드위치, 감자튀김, 애플소스, 그리고 저지방 우유겠지. 맞짱 뜨기 전에 먹기로는 딱인 메뉴랄까? 아니면, 예전 베프를 박살내 주기 전에 먹을 만한 완벽한 메뉴랄까? 적당한 단백질에 적당한 탄수화물, 그리고 발걸음을 가볍게 해줄 건강한 디저트까지.

모건은 치킨 패티를 무척 좋아한다. 내가 생선 패티를 좋아하는 것처럼.(만약 그때까지 내 상태가 좋아져서 액체 말고 다른 것도 먹을 수 있게 된다면 금요일에는 생선 패티를 먹겠지.) 모건은 공손하게 케첩을 몇 개 더 달라고 할 거다. 에이미(생각만 해도 너무 슬퍼서 울고 싶다) 가 병아리콩을 좋아하듯이 모건은 케첩을 좋아한다. 모건은 자리 에 앉아서 '모건 스틸츠 스페셜'을 만들 거다.

"여보세요?" 에이미가 작은 손을 내 얼굴 앞에 대고 흔들며 말

'모건 스털츠 스페셜'
만드는 법

 x 1

치킨 패티 샌드위치

 x 2

케첩

 x 6

감자튀김

1단계 :
샌드위치의 위쪽 빵을
떼어낸다.

2단계 :
케첩 한 봉지를 뜯어
패티 전체에 꾹 눌러 짠다.

3단계 :
감자튀김 대여섯 개를
패티 위에 얹는다.

4단계 :
남은 케첩 봉지를 뜯어
감자튀김 위에 꾹 눌러 짠다.

5단계 :
그 위에 빵을 얹고 입에 넣을
수 있게 힘껏 누른다.

*주의: 모건 스털츠 스페셜은 45초 안에 제조해야 함.

한다. "정신 차려, 샘."

에이미는 혼자 서 있다. 케이틀란은 충분히 공급한 그날치 항산
화 성분을 소모하기 위해 가버렸나 보다.

"정말이야?" 에이미가 웃지도 않고 단호하게 묻는다.

"뭐가 정말이야?"

모건이 전에는 우리 테이블이었던 자리를 향해 가는 게 보인다.

"너랑 모건이 점심 먹고 싸울 거란 소문 말이야."

에이미가 자기를 좀 보란 듯이 내 앞으로 바짝 다가선다.

나는 에이미를 돌아보며 말한다.

"싸운다고 그러니까 나도 뭔가 적극적으로 할 게 있는 것처럼 들린다."

"제발, 샘. 나, 진지하거든."

내기를 해야 한다면 모건이 어제 오후보다 3센티미터 더 컸다는 데 돈을 걸 거다. 믿기 어렵겠지만 모건이 구내식당을 반쯤 가로 질렀을 때 확실히 그렇게 보였다. 그런 일이 가능하다면 말이다. 초등학교 1학년 때 우리가 만난 이후로 내가 모건보다 컸던 적은 한 번도 없다. 모건은 항상 내가 자라는 것보다 훨씬 더 쑥쑥 자랐다. 10센티, 15센티, 20센티… 내가 아는 건 모건의 성장을 맡은 기관이 초과 근무를 해왔다는 사실이다. 하지만 같은 일을 맡은 나의 기관은 아직 출근도 안 하고 있다. 아마도 그 녀석은 12 자리 나눗셈을 맡은 기관과 시시덕대다가 넋이 나갔지 싶다. 혹시 그 녀석을 우연히 만나게 되면 나한테 호의를 베푸는 셈치고 빨리 근무지로 돌아가라고 충고해주면 고맙겠다.

"샘, 넌 모건하고 싸울 수 없어."

에이미가 낱말 하나하나에 힘을 주면서 아주 천천히 말한다.

나는 에이미를 바라보며 도와달라고 부탁할까 생각하다가 대신 이렇게 대답한다.

"네 말이 내가 모건을 이길 수 없다는 뜻이라면 정확한 지적이야."

"아니, 내 말은 너희는 친구란 뜻이야."

에이미가 '친구'를 강조하자 옛 기억이 되살아나며 맘이 아프다.

"친구끼리는 안 싸워."

"친구였었지." 나는 사실을 전달하듯 담담한 척하며 말한다. "우린 친구였었어. 예전 친구끼리는 가끔씩 싸워. 아마, 잘은 모르겠지만, 오늘 점심시간처럼."

바로 그때 우리를 지나쳐 간 모건이 고개를 돌려 나를 똑바로 쳐다본다. 내 뱃속은 아무 반응이 없다. 대신 무릎이 후들후들 떨린다. 음식이 가득한 쟁반을 들고 있지 않은 게 천만다행이다.

"무슨 일이 있었던 거야?" 에이미가 진심으로 걱정하며 묻는다.

에이미의 관심은 고맙지만 삶이 더 이상 복잡해지는 건 싫다. 그래서 나는 어디에 앉을까 하는 단순한 문제에만 집중한다.

"왜 더 이상 친구가 아닌데? 모건은 네 베프였잖아." 에이미가 말한다.

내가 가진 모든 전문지식의 영역(서너 가지 예만 들면 대수학, 세포 유전학, HTML 코드의 기초)에 덧붙여 나는 얼굴 표정만 보고도 모건의 감정 상태를 다 안다. 예를 들자면, 모건이 눈썹을 모으고 콧구멍에 힘까지 준다면 화가 난 거다. 하지만 그냥 눈썹만 모은다면 결심을 했다는 뜻이다. 모건이 윗입술을 깨물면서 오른쪽 눈을 살짝 찡그린다면 익숙하지 않은 뭔가에 엄청 집중하고 있는 거다. 와그너 중학교 풋볼팀 플레이북에서 H의 뜻이 '오른쪽으로 가라'라는 걸 기억해낼 때 이런 표정이다. 그리고 정말로 기쁠 때면 모건은 이를 드러내며 웃는다. 보통 때는 예의 바르게 보이려고 입술로만 웃는다.

나는 모건한테 시선을 둔 채 어깨를 으쓱하며 말한다.

"친구는 생기기도 하고 사라지기도 하는 거지 뭐."

식당을 반쯤 가로질러 떨어져 있는 지금 이 순간만큼은, 모건의 얼굴 표정 데이터베이스를 아무리 열심히 뒤져본들 별 소득이 없을 거다. 모건의 얼굴이 그야말로 텅 비어 있기 때문이다. 화난 기미도, 당황한 눈치도, 아무것도 없다. 하지만 모건도 나를 못 본 척하지는 않고 똑바로 바라보고 있다. 모건은 나한테 계속 시선을 두기 위해 고개를 조금씩 돌리면서 한 발짝씩 걸어가고 있다. 하지만 아무리 애써도 모건이 무슨 말을 하고 싶은 건지, 설령 그런 게 있다 해도, 전혀 짐작도 할 수 없다.

에이미가 자기 접시로 나를 꾹 찌르며 말한다.

"아니야. 너희 둘은 진짜로, 정말로 베프였어. 이건 말도 안 돼."

모건도 내 얼굴이 하는 말을 알아내려 하고 있을까?

사실: 내 얼굴이 지금 무슨 말을 하고 있는지는 모르지만, 어쨌든 이런 말을 할 줄 알면 좋겠다. *제발 나를 아프게 하지 말아줘. 제발 다시 친구가 되어줘.*

에이미가 자기 접시를 옆으로 돌리며 나한테 반걸음 더 다가선다.

"내가 모건한테 말해볼까? 네가 원하면 말이야."

그러고는 웃는다. 그것도 바로 내 앞에서.

에이미가 나를 위해 웃어준다. 나는 에이미의 미소를 볼 자격을 얻은 거다. 에이미의 미소, 동그스름한 뺨, 따뜻하고 영리하고 철자에 완벽한 눈. 에이미는 24분 뒤면 내가 운동장에서 피를 철철 흘릴지도 모른다는 걸 안다. 그럼에도 불구하고 에이미는 나를 좋아한다.

에이미가. 나를. 좋아한다.

나는 에이미를 본다. 아니, 에이미와 나를 본다. 우리는 내 거실, 아니, 에이미의 거실, 세련되게 장식된 에이미 가족의 거실(에이미 가족의 거실을 본 적은 없지만)에 있다. 나는 멋진 가죽 소파, 아니면 안락의자에 누워 있다. 벽은 감각적인 일본 서예, 아니면 에이미 엄마가 그린 그림으로 장식되어 있다. 그리고 거기, 에이미가 있다. 에이미가 살짝 익힌 스테이크를 내 앞에 상냥하게 내려놓는다. 에이미는 자신의 남자 곁을 떠나지 않는다. 그 남자가 아직 소년에 불과할지라도.

그런데 에이미가 채식주의자라는 건 심각한 문제다. 에이미에겐 두부가 스테이크와 같은 걸까? 에이미가 생선도 안 먹는 평화주의자라서 내가 박살이 나든 살짝 지든, 나를 따라와보지도 않는다면 어떡하지? 에이미가 바로 여기 샐러드바 앞에서 완벽하게 웃어준 것이 마지막 미소라면 어떡하지?

모건이 자기 자리에 앉는다. 바로 크리스의 옆자리다. 전에는 내 자리였던 곳에 크리스가 앉아 있다. 그 둘이 함께인 걸 보고 있자니 견디기 힘들어져 고개를 돌려버린다.

그때 글래스너 선생님이 식당 입구를 지나가는 게 보인다.

"잠깐만, 에이미. 나 가봐야겠어."

11:56

위쪽에서 목소리가 들린다. "너 지금 어디 갈 생각이냐?"

그릭스 선생님이다. 선생님은 사회 수업이 아니라 식당 감시 중이다.

나는 위를 쳐다본다. 적절한 대답을 생각해내야 한다. 책에도 나오는 뻔한 대답은 안 될까?

"화장실요."

선생님이 고개를 앞뒤로 아주 천천히 흔들며 말한다. "아닌데, 아닌 것 같은데."

나는 고개를 좀 더 들어 올리며 말한다. "진짜예요. 급해요."

이런 대화를 열두 번도 넘게 나눠봤다는 듯 선생님이 팔짱을 끼고 고개를 옆으로 기울인다.

"네가 진짜로 해야 할 일은, 점심식사 끝날 때까지 기다리는 거란다. 다른 애들이 하는 것처럼 말이야."

문지기를 피해 달아나는 것만도 충분히 힘든데 목까지 점점 아파온다. 선생님의 콧수염에 눈을 맞추느라 고개를 젖혀야 했기 때문이다. 게다가 내가 경험으로 알고 있는 대로라면 벌써 많은 애들이 이 상황을 눈치챘을 거다. 그릭스 선생님의 팔짱 낀 자세와 내려뜨린 콧수염으로 보아 우리가 대치하고 있다는 걸 알고도 남았다.

이제 행동할 시간이다. 모건과 달리 그릭스 선생님은 나를 겁먹게 하지 못한다.

"그릭스 선생님, 저 화장실에 가야 돼요. 이건 사실이에요. 지금 바로, 당장, 즉시 화장실에 못 가면 상당히 불행한 일이 벌어질 거예요." 나는 말을 멈추고 숨을 크게 쉰다. "아마 레이건 무디 사건에 버금갈 만한 일일걸요."

긴급 특별 학부모회가 열리게 만든 레이건 무디 사건을 언급한 바로 그 순간, 그릭스 선생님의 콧수염이 떨린다.

"선생님한테 달렸어요."

그릭스 선생님은 생각할 시간을 벌려고 팔짱을 천천히 풀었다 다시 낀다. 그러고는 무전기를 들고 다이얼을 확인한다.

"넌 네가 아주 영리하다고 생각하지? 그렇지, 샘?"

나는 웃지 않으려고 애쓴다. 오늘은 웃음 참는 게 어렵지 않다.

"선생님, 전 당장 화장실에 가야 해요. 그게 다예요."

"가라." 선생님이 냄새라도 맡는 것처럼 윗입술을 반쯤 들어 올리며 말한다. "꺼져버려."

글래스너 선생님을 따라잡을 수 있기를 바라며 나는 부리나케 구내식당을 나섰다. 글래스너 선생님은 언제나 내 편이기 때문이다.

노바이 수학올림픽 대신에 미시건 대학—미시건 주립대학 풋볼 경기를 보러 가기로 모건이 결정했을 때, 나는 그 마음을 이해했다. 적어도 이해하려고 노력했다. 심지어 대회 준비를 위한 '수학거인' 피자 모임을 포기하고 모건의 한심한 연습 경기를 보러 가기도 했다. 그래도 피자 모임을 놓친 게 그리 서운하지 않았다. 하지만 그다음 금요일에 모건이 한(또는 안 한) 일은 몹시 마음에 걸렸다.

그날은 해마다 열리는 가을 응원대회 날이었다. 다른 말로는 연례 풋볼 대회다. 나는 사람들이 수학보다는 풋볼에 4천 배는 더 많은 관심을 쏟는다는 걸 안다. 풋볼은 사람들이 자동차나 컴퓨터나 휴대전화를 이용하는 데 아무런 도움이 안 되는데도 말이다. 그런데 벤슨 교장선생님은 상당히 생각이 깊어서인지(아니면 상당히 멍청해서인지) 풋볼 대회 시작 전에 '수학거인'에 대해 언급했다. 그전 주말에 있었던 노바이 수학올림픽에서 우리 팀이 이겼기 때문이다.

교장선생님은 관중석에 앉은 전교생(유니폼을 입고 교장선생님 옆에 서 있는 모건과 풋볼팀은 제외하고)에게 이렇게 말했다.

"우리의 용감한 아이언 바이킹스를 소개하기 전에 또 다른 바이킹 팀에 대해 잠깐 언급하고 싶습니다. 이 팀은 지난 토요일에 인상적인 성적으로 승리를 거뒀습니다. 바로 우리 학교의 '수학거인'으로 리더는, (교장선생님은 쪽지를 내려다봤다) 리더는 샘 루이스, 2년 연속으로 노바이 대회에서 우승을 차지했습니다. '수학거인'을 위해 큰 박수를 보내줍시다!"

나는 그날 누구 옆에 앉아야 할지 몰라서 에이미 옆에 앉아 있었다. 모건이 없을 때 내가 크리스 옆자리에 앉아야 하는지 확신이 없었기 때문이다.

에이미가 나를 향해 활짝 웃으며 크게 박수를 치기 시작했다. 하지만 선생님들을 제외하면 박수를 치는 사람이 겨우 다섯 명 정도밖에 없었다. 다섯 명이 박수를 멈추자 바로 크리스가 소리쳤다.

"수학 따위 엿이나 먹어라!"

그 순간 모든 아이들이 웃었다. 에이미와 (대부분의) 선생님들만 빼고. 모건을 포함한 모두가.

그럴 생각은 아니었는데 그날 밤 부모님께 그 일에 대해 말하고 말았다. 마침 멕시칸 음식을 먹는 날이어서 살사소스와 사워크림과 과카몰리를 한창 돌리고 있을 때 그 일이 불쑥 튀어나왔다. 부

모님은 유감이라고 말하고는 서로 잠시 쳐다봤다. 뭐라고 대답해
야 할지 표정으로 의논하는 것처럼 보였다. 그래서 나는 타코에
치즈를 더 바르는 척했다. 그러자 엄마가 냅킨으로 입을 닦으며
(엄마는 입을 여러 번 닦았다. 내가 보기엔 입술에 아무것도 묻어 있지 않았
는데 말이다) 말했다.

"모건이 정말로 웃을 생각은 결코 없었을 거야. 아마 긴장된 상
태라서 자기도 모르게 그냥 웃음이 튀어나왔겠지."

그러면서 엄마는 야릇한 미소를 지었다. 자신이 한 말을 진심으로는 믿지 않는다고 장담할 수 있는 미묘한 미소. 나는 뭐라고 대꾸할 뻔했지만 참았다. 엄마가 거짓말을 더 하도록 만들어서 뭐 하겠는가? 그래서 타코를 집어 들고 먹기만 했다.

그런데 글래스너 선생님은 어디 계신 거지?

11:59

글래스너 선생님을 찾기 위해 모퉁이를 돌아 수학실 복도를 서둘러 걸어갔지만 선생님은 보이지 않았다. 바로 그때,

"1444!"

내 뒤편 복도 아래쪽에서 글래스너 선생님의 목소리가 들렸다.

나는 대답하기 전에 주위를 둘러보며 멈춰 섰다. 그렇게 하면 어쨌든 좀 더 인상적으로 보일 테니까.

"38."

"38이라. 어디 보자."

선생님이 웃으면서 단호한 걸음걸이로 나한테 다가온다. 선생님은 트레이드마크인, 두 줄 단추가 달린 재킷을 입었다. 그렇다면 오늘 '수학거인' 모임이 있다는 뜻인가?

맞다, 오늘은 모임이 있는 날이다. 클럽 모임이 있는 날을 어떻

게 깜박할 수 있단 말인가? 흠, 마음이 콩밭에 가 있는 탓이겠지. 엉덩이 부상으로 모임에 빠지게 될 운명 탓인 거다. 엉덩이가 아니면 얼굴이거나. 아니면 복부거나. 아니면 여기저기 다겠지.

"6을 올리면… 24… 그럼… 정답이네. 또 맞혔어."

가장 멋진 수학 기호를 뽑는 토너먼트에서 제곱근이 최고의 자리를 차지한 후에 글래스너 선생님이 나한테 내기를 제안했었다.

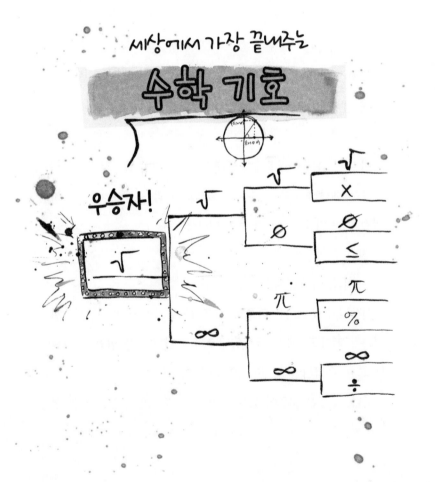

100까지의 모든 제곱근을 기억하지 못하면 내가 피자를 쏘고, 기억하면 선생님이 쏘는 걸로.

"오늘 던바 중학교의 최정예 선수들한테 실력을 뽐낼 준비는 된 거지?"

글래스너 선생님은 언제나처럼 웃고 있다. 왜냐하면 선생님은 원래 잘 웃으니까, 학교에서 수학이 제일 센(그리고 고맙게도 '수학거인'의 주장을 맡아준) 학생과 대화하고 있으니까, 내기에서 내가 이기면(선생님은 그렇게 될 걸 알고 있다) 기쁜 마음으로 피자를 쏠 생각이니까.

글래스너 선생님은 저 눈으로도 과연 볼 수 있을까 싶을 정도로 아주 작은 눈을 가지고 있다. 그리고 선생님이 웃을 때면, 바로 지금처럼, 눈이 단춧구멍만 해진다.

선생님은 우리 학교에 있는 열네 살이 넘은 사람들 중에 내가 가장 좋아하는 사람이다. 그래, 나도 안다. 중학교에서 1962년에 태어난 사람과 친구가 되는 건 인기에 전혀 도움이 안 된다는 걸. '수학거인'의 주장이 되는 것 다음으로 나쁜 일이다.

나는 어깨를 으쓱하며 대답한다. "글쎄요, 아마도."

글래스너 선생님이 웃음을 멈추더니 한참 뒤에 이렇게 묻는다.

"다 괜찮은 거지?"

그러고는 다시 웃는다.

"당연히 괜찮죠."

나는 글래스너 선생님의 눈을 똑바로 보려고 애쓴다. 이 학교에서 그런 대우를 받을 자격이 있는 두 분 중 한 분이니까. 또 선생님과 말할 때면 눈이 제대로 보이나 확인해보고 싶어지니까. 45도로 자연스럽게 올라간 눈썹과 끝없는 미소가 결합된 선생님의 표정은 항상 상대방의 기운을 북돋아준다.

"미시건 대학의 내 친구 기억하지? 전에 말했던 교수."

글래스너 선생님이 또 다른 질문으로 나의 호기심을 부추긴다.

"수학 교수님 말이에요?"

더 큰 웃음.

"그래, 바로 그 사람!"

"그분이 왜요?"

선생님이 눈썹을 치켜세우고 초흥분 상태로 말문을 연다.

"특별 심사위원이라고 하면 뭐 생각나는 거 없니?"

"오늘 모임에 그분이 오신다는 뜻이에요?"

"바로 그거야! 공식적으로는 심사위원이지만 비공식적으로는…"

선생님이 함박 미소를 함께 나누려고 내 쪽으로 몸을 기울인다.

"가장 빛나는 우리의 스타를 개인적으로 만나려고 오는 거지."

그러고는 손가락으로 다정하게 나를 가리킨다.

"바로 너 말이야!"

선생님이 몸을 약간 세우고는 바지 주머니에 손을 찌른 채 발끝과 뒤꿈치를 번갈아 디디며 앞뒤로 몸을 흔들기 시작한다.

"너도 알겠지만, 너 같은 학생들을 위해 대학에 여름 프로그램이 있잖아. 네 또래의 다른 천재들과 접촉할 수 있는 곳이지. 데이비스 교수가 그 프로그램의 자문위원이거든. 오늘 잘만 하면, 샘, 넌 거기 쉽게 참가할 수 있을 거다. 데이비스한테 들은 거야."

내가 '수학거인'이 되기 싫은 건 아니다. 되고 싶다, 그것도 아주 간절하게. 누군가가 지금 당장 소원을 세 가지만 말하라고 한다면 '점심시간에 살아남기', 그래서 '오늘 시합에 참가하기'라고 할 거다.('모건과 다시 친구 되기'가 하나 남은 소원, 첫 번째 소원이다.) 내가 수학 클럽에 가입한 건 작년이었다. 모건이 맨날 풋볼 연습을 하러 가버리니까 심심해서 클럽 활동을 시작했는데, 아무튼 나는 금방 능숙해졌고 유명해졌다. 나는 대단해지는 걸 꺼리진 않았다. 아니, 대단해지고 싶었다. 그건 지금도 마찬가지다.

하지만 불공평하게도 모건은 못마땅해하는 것 같았다.(그렇다고 내 인생이 거기 달리거나 한 것처럼 모건한테 따지고 싶다는 뜻은 아니다.) 그래도 나는 변함없이 모건의 작전 연습을 도와줬다. 모건은 수학을 그렇게 잘하지는 못했다.(그래서 공부보다 풋볼 연습이 모건한테 훨씬 더 중요해진 거다.) 그렇다고 해서 모건이 나한테 기하학 정리

퀴즈를 못 내줄 것도 없지 않은가? 왜 모건은 다른 애들이랑 똑같이 나를 비웃었던 거지?

"5184!"

글래스너 선생님의 눈이 흥분으로 조금 커졌다.

나도 이 놀이에 재미를 느끼는 척하며 대답한다.

"72."

"정답, 또 맞혔어! 이런 기세라면 내가 진 게 확실한데. 넌 피자 파티에 초대할 손님 명단을 작성해도 되겠어. 의심할 거 없다, 샘. 넌 분명히 그걸 가졌어. 수학거인의 능력!"

나랑 주먹을 마주친 뒤 선생님이 흐뭇한 표정으로 말한다.

"자, 이제 점심 먹으러 가야지. 빈속으론 x값을 찾기 어려울 테니까."

글래스너 선생님 말이 맞다. 그릭스 선생님이 수색대를 파견하기 전에 식당으로 돌아가야 한다.

12:03

구내식당에 거의 다 갔을 때 3학년 중에서 가장 거구인 마크 퀴글리가 복도로 나오더니 나를 향해 다가오기 시작했다. 나는 마크를 보지 않으려고 애쓰며 복도 반대쪽으로 천천히 이동했다. 마크가 구둣발로 바닥을 디딜 때마다 복도가 흔들렸다. 마크 퀴글리는 괴롭힘 같은 걸로 명성을 얻은 애는 아니다. 그렇다고 코끼리처럼 거대한 발에 일부러 가까이 갈 필요는 없지 않은가?

바닥 타일이 트램펄린처럼 떨렸지만 나는 부상 없이 거대한 퀴글리 산을 지났다. 하지만 내 코는 치명상을 입었다. 왜냐하면 마크 퀴글리는 그냥 거대하기만 한 게 아니라, 냄새도 엄청나게 났기 때문이다. 마치 겨드랑이 밑에다 1년도 넘은 베이컨 치즈버거를 붙여놓은 것 같았다.

문제는 아마 거기서 시작되었던 것 같다.

지난여름의 어느 날이었다. 우리(나, 모건, 그리고 크리스, 조던 거트먼과 브랜든 버크)는 크리스네 집 지붕 위에 있었다. 우리는 근처에 있는 모든 나무에 물건들(볼링공은 아니고)을 던지면서 시간을 때우고 있었다. 크리스네 집의 평평한 지붕은 엄청나게 많은 나무들로 둘러싸여 있어서 그렇게 나쁜 짓을 하고 있는 건 아니었다.

우리 부모님이라면 구두와 사과와 통조림과 돌멩이를 던지는 걸 절대 좋아하지 않을 거다. 하지만 주변에 어른이라곤 그림자도 없었다. 하긴 우리 부모님은 일단 내가 어디에 가는지부터 별 관심이 없으니까 내가 하는 짓을 좋아하고 말고 할 자격도 없다.

물건으로 나무 맞히기 게임이었다. 멀리 있는 나무일수록, 물건이 클수록, 부딪히는 소리가 클수록 잘한 것이다. 구두, 사과, 토마토 페이스트 캔이 바닥나자 크리스가 안으로 들어가더니 더플백을 가지고 돌아왔다. 가방에는 새로운 탄약이 들어 있었다. 강아지 인형, CD(이건 프리스비 던지기와 맞먹는 기술이 필요해서 나중엔 별도의 게임이 되었다), 양초, 배터리, 그리고 전구도 있었다.

모건은 순식간에 가장 기술 좋고 대범한 명투수로 떠올랐다.(크리스는 가장 겁 없고 관대한 공급자였다.) 모건은 계속해서 나무 몸통을 직통으로 맞혔고, 한 번은 가장 큰 나무의 연한 껍질 속에다 두꺼운 D 배터리를 말 그대로 박아 넣었다. 처음에는 게임으로 시작했지만 나중엔 모건의 독무대로 바뀌고 말았다.(조던과 브랜든은

광란의 던지기에서 희생된
그들을 추모하며

사과 4

오렌지 2

토마토 페이스트 캔 3

레몬 2

죽순 캔 1

CD 20

애견용품 1

토마토소스 캔 1

D배터리 8

AA배터리 6

전구 12

양초 14

신발 5

동전 묶음 2

애견용 장난감 3

여기 가장
던지기 좋은
생활용품들이
잠들다

스무 장도 넘는 CD 무더기를 가지고 지붕 반대쪽으로 사라지고 없었다.)

그렇게 많은 나무들이 그늘을 드리워주는데도 태양은 지붕 위에서 이글이글 타올랐고 우리(특히 모건)는 땀에 흠뻑 젖었다. 마지막으로 아껴둔 백열전구를 던지기 전에 모건이 흰색 셔츠를 벗어서 우리 뒤로 던졌는데 가느다란 금속 굴뚝에 걸렸다. 셔츠가 찢어질까 봐 내가 가지러 갔다. 셔츠를 집어 올리자 땀 냄새가 진동했고 겨드랑이에는 짙은 노란색 얼룩이 있었다.

전구는 백열등도, 형광등도 약간 실망스러웠다. 하나는 너무 가벼워서 던지기 어려웠고, 다른 하나는 너무 단단해서 나무에 맞자마자 깨져버렸다. 하지만 모건은 전과 마찬가지로 있는 힘껏 던졌다. 크리스는 내내 모건을 응원했고 사실은 우리가 자기 가족들 물건을 멀리 집어 던지는 것인데도 전혀 개의치 않았다. 하지만, 나는, 나는 신경이 거슬렸다. 왜냐하면 모건의 던지기를 지켜보는 크리스를 오랫동안 지켜보는 게 언짢았기 때문이다. 나는 안으로 들어가서 위층에 있는 화장실 세 곳 중 하나에 들렀다가 걔들이 싫증이 날 때까지 집 안에서 기다렸다.

내가 다시 지붕으로 돌아갔을 때(안에서 10분 정도 기다리다가 결국 포기하고 올라갔다) 네 명 모두 셔츠를 벗고 등을 대고 누운 채 하늘을 쳐다보고 있었다. 버크는 마지막 남은 CD를 손가락 끝으로 돌리고 있었는데 밝은 햇빛이 나한테 똑바로 반사되었다.

내가 돌아온 걸 환영한답시고 크리스가 불쾌한 농담을 던졌다.

"다른 사람들이 쓸 휴지는 남겨뒀겠지?"

그러자 모건이 말했다.

56

"도대체 어디 있었냐? 여긴 벌써 끝났는데."

나도 모건 옆에 등을 대고 누웠다. 셔츠는 입은 채로. 크리스가 화장실을 몇 군데나 썼냐고 물었지만 나는 아무 대답도 안 했다. 모건이 크리스의 가슴을 찰싹 때리면서 쪼잔하게 굴지 말라고 말해줘서 고마웠다. 모건한테서 지독한 냄새가 나길래 그 노란 얼룩에 대해 묻고 싶어졌지만 참고 일어났다.

그때 아까 빠뜨리고 던지지 않은 엄청나게 큰 손전등 배터리와 더플백에서 빼꼼 삐져나온 슬리퍼가 눈에 들어왔다.

"어이, 애들아." 나는 애들한테 소리쳤다. "과학 실험 한번 안 해볼래?"

"과학 실험 따위 엿이나 먹어."

가장 먼저 나온 대답이었지만 나는 포기하지 않았다.

"만약에 이 둘을 동시에 떨어뜨리면 어느 쪽이 먼저 진입로 바닥에 닿겠냐?"

크리스가 맨 먼저 벌떡 일어나더니 가장 큰 나무에 건전지를 던져버리라고 모건한테 부탁했다. 한편 조던과 브랜든은 슬리퍼를 뚫어져라 쳐다봤다. 지붕 반대쪽 끝에서 마지막 남은 CD와 함께 결승전으로 던져볼 만한 물건이라고 생각하는 것 같았다.

그때까지만 해도 이따금 내 편이었던 모건이 말했다.

"닥쳐, 자식들아. 샘, 그게 뭔 소리야?"

그러고는 나한테서 건전지를 가로채서 자기 손에 들고 무게를 가늠해봤다. 모건의 이두박근이 눈에 띄게 툭 불거질 만큼 건전지는 상당히 무거웠다. 반면 슬리퍼는 거의 무게가 나가지 않았다.

"풋, 당연히 건전지가 먼저 닿지."

모건이 결정을 내리자 나머지도 모건 편에 줄을 섰다.

나는 잘 모르는 것처럼 말했다.

"내 생각엔 둘이 동시에 닿을 것 같은데."

낄낄대는 애들을 보면서 나는 자신 없는 척 툭 던졌다.

"혹시 내기해볼래?"

애들은 서로 하이파이브를 주고받았고, 잠시 후 우리는 슬러시로 합의를 봤다. 내가 이기면 넷이서 나한테 슬러시를 사고, 내가 지면 내가 넷한테 각각 슬러시를 사기로 했다.

브랜든과 조던이 진입로에서 판정을 하기 위해 계단을 달려 내려갔다.

나는 건전지와 슬리퍼를 손에 쥔 채 모건, 크리스와 함께 지붕 가장자리로 걸어갔다. 높이는 두렵지 않았지만 모건과 크리스의 존재까지 두렵지 않았던 건 아니다. 가장자리에 닿았을 때 내 등을 미는 손길을 느꼈다. 떨어질 정도로 세게 밀지는 않았지만 나를 겁먹게 하기엔 충분했다.

나는 낄낄대는 크리스한테 물었다.

"넌 항상 또라이처럼 굴어야 돼?"

크리스가 콧방귀를 뀌며 대답했다.

"또라이 체질인 모양이지."

나 대신 모건이 핀잔을 줬다.

"제발, 크리스, 닥쳐."

크리스가 중얼거렸다.

"그래봤자지. 좀 있으면 나한테 슬러시를 사게 될 텐데 뭘."

진입로로 내려간 조던과 브랜든이 CD로 도착을 알리는 신호를 번쩍였다. 그러고는 셋을 셌다.

두 물건이 정확히 동시에 바닥에 떨어졌다. 당연한 결과지만 나는 으스대지 않으려고 노력했다. 정말이다. 하지만 모건을 돌아보는 순간 성공적으로 실험을 마친 것에 대한 만족감만큼은 표현하지 않을 수가 없었다. 실험이 성공할 때마다 모건은 진짜 대단하다며 나를 치켜세우곤 했으니까.

모건은 엄청나게 당황한 것 같았다.

"너 알고 있었던 거, 맞지?"

극도로 당황하고 화도 제법 난 상태.

"아마도."

나는 웃는 듯 안 웃는 듯, 웃고 싶은 듯 안 웃고 싶은 듯한 얼굴로 대답했다. 1년 전이었다면 모건은 이 실험에 완전히 뿅 갔을

물리학은 재밌다!

갈릴레오 갈릴레이는 (엄청나게 어마어마한 옛 이탈리아 천재)
모든 물건이 같은 속도로 떨어진다는 것을 증명했다.
하나는 엄청 무겁고 다른 하나는 엄청 가벼운 경우에도
말이다.

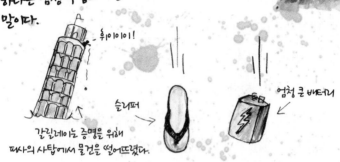

위이이이!

슬리퍼

엄청 큰 배터리

갈릴레이는 증명을 위해
피사의 사탑에서 물건을 떨어뜨렸다.

(사실은 아니지만, 갈릴레이의 가장 유명한 실험이
수박과 스파게티 소스가 든 풍선을 동시에 떨어뜨린 거라고
친구들에겐 말해도 됨.)

수박

스파게티 소스가 든
풍선

(하지만 부모님에겐 수박과 스파게티 소스가 든 풍선을
떨어뜨릴 생각을 나한테서 얻었다고 말하면 안 됨.)

거다. 심지어 갈릴레이 애기를 해도 귀담아 들었을지 모른다. 하
지만 내가 아무리 갈릴레이를 존경한다 해도 그 뜨겁고 냄새 나는
빌어먹을 지붕 위에서 강의를 할 만큼 멍청하지는 않다.

크리스와 나머지 둘이 뭐라고 난리를 쳐댔지만 나는 무시했다. 모건이 상처를 받은 게 틀림없었기 때문이다.

"넌 알고 있었어."

모건이 머리를 흔들며 말했다.

"맞아."

나는 솔직히 대답했다. 그러고는 아마 갈릴레이에 대해 뭐라고 중얼거렸던가 보다. 그건 나도 어쩔 수가 없는 일이었다.

"갈릴레이!" 모건이 폭발하고 말았다. "빌어먹을 갈릴레이라고?" 뭐라고 대답할 새도 없이 모건이 물었다. "넌 왜 항상 그렇게 나대는데?"

이것이 바로 '명투수' 모건 스틸츠가 나한테 알고 싶은 거였다.

나보고 왜 나대냐고? 내가 나댄다고?

모건은 마치 나대는 사람이 나밖에 없다는 듯이 말했다. 모건이 정말로 진지하게 하는 말이라곤 믿을 수가 없었다.

하지만 모건은 정말로 진지했다.

나는 슬러시를 요구하지 못했다.

12:05

　하루에 한 번 와그너 중학교 구내식당에 들어가는 것보다 더 나쁜 유일한 일은 거기를 하루에 두 번 들어가는 것인데, 지금 내가 해야 하는 게 바로 그거였다. 무슨 이유인지 모르겠지만 구내식당은 내가 나올 때와 비교도 안 될 만큼 시끄러웠다. 하도 시끄러워 소리가 눈에 보일 것만 같았다.

　다행스럽게도 그릭스 선생님은 자리를 비우고 없었다. 샐러드 바에서 조금 떨어진 곳에 아이 셋이 뭉친 것으로 보이는 덩어리가 있었는데 그것의 해체를 지휘하고 있는 모양이었다. 패트 맥도널드, 아민 더비, 그리고 머리를 땋은 여자애들 몇 명이 주위에 흩어진 도시락(뜨거운 것 둘, 포장된 것 하나)을 주워 올리고 있었다. 그릭스 선생님은 900살 먹은 청소부 버즈 씨에게 이쪽저쪽 꼼꼼하게 방향을 가리키고 있었다. 다들 알다시피 쓸고 닦는 일은 아무나

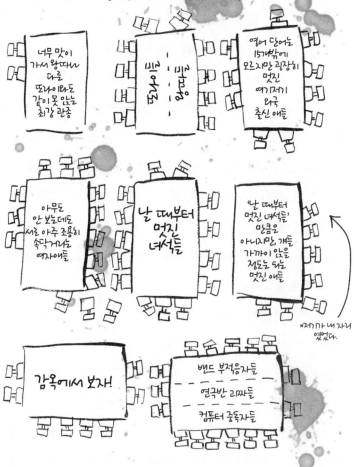

누가 어디에 앉는가:
와그너 중학교 구내식당 좌석 배치도

너무 맛이 가서 왕따나 다른 또라이라도 같이 못 앉는 최강 관종

찐따들

영어 단어는 15개밖에 모르지만 링장히 멋진 얘기거리 외국 출신 애들

아무도 안 보는데도 서로 아주 조용히 속닥거리는 여자애들

날 때부터 멋진 녀석들

'날 때부터 멋진 녀석들' 만큼은 아니지만, 개들 가까이 앉을 정도는 되는 멋진 애들

*저기가 내 자리 였었다.

감옥에서 보자!

밴드 부적응자들
─ 연극반 괴짜들 ─
컴퓨터 중독자들

할 수 없는 어려운 작업이니까.

'런치랜드'에서도 가장 어둡고 더럽고 시끄러운 구석, 극도로 괴

상하고 저항 정신으로 충만한 1학년 남자애들의 구역에서 갑작스럽게 대소동이 일어났다.

내 눈은 미친 듯한 웃음과 찢어질 듯한 비명이 섞인 소리의 진원지를 따라갔다. 우리 집 아래쪽에 사는 얼빠진 땅꼬마, 베니 핑크가 '친구' 둘한테 들린 채 탁자 위쪽에서 이리저리 흔들리고 있었다. 그 '친구'란 녀석들은 베니의 속옷을 손잡이로 쓰고 있었고 베니는 미친 듯이 웃으면서 그 '비행'을 즐기는 것처럼 보였다.

그릭스 선생님이 새로운 범죄의 냄새를 맡고 진압을 위해 성큼성큼 발을 내딛더니 네 걸음 만에 새로운 범죄 현장에 도착했다.

"샘! 샘! 새-앰!"

혼란의 와중에 에이미의 목소리가 들렸다. 알고 보니 에이미는 바로 내 옆에 있었다.

"어, 에이미 안녕. 미안. 글래스너 선생님을 우연히 만나는 바람에…."

하지만 에이미는 나를 두고 혼자 걸어가더니 반쯤 돌아서서 따라오라고 재빨리 손짓했다. 표정이 심각해 보였다.

나는 에이미 옆에 앉았고 병아리콩과 녹색 채소에 너무 가까워졌다. 내 도시락(지난 10여 분 내내 축축한 오른손에 쥐고 있던)이 채소들과 같은 탁자를 쓰게 돼서 슬퍼하는 것처럼 보였다.

"모건이 너한테 완전 화났어."

에이미는 웃지 않았다.

"누구?"

나는 이 얘기는 할 기분이 아니어서 이렇게만 물었다.

"누구라니?" 에이미가 눈을 굴리며 말했다. "모건 말이야, 이 멍청아."

나는 습관처럼 도시락을 열며 물었다. "네가 보기엔 내가 모르는 것 같아?"

"내 말은 모건이 진짜로, 정말로, 완전 화가 났다는 거야." 에이미가 플라스틱 포크를 자기 도시락에 꽂으며 말했다. "근데 이유는 말 안 하더라."

"모건이 아직도 내 엉덩이를 작살낼 거래?" 나는 식당 시계를 올려다봤다. "9분 뒤에?"

"아니. 하지만 다른 애들, 그러니까 크리스랑 브랜든, 조던, 카일이 다들 그러더라구. 걔들은 그게 재밌나 봐."

"나도 알아."

나는 도시락의 내용물을 이리저리 움직였다. 땅콩버터 젤리 샌드위치, 감자튀김, 포도. 몽땅 쓰레기통으로 들어갈 것들.

"샘." 에이미가 몹시 걱정스러운 얼굴로 항산화 식품 옆에 포크를 내려놓았다. "니들 둘, 무슨 일이 있었던 거야?"

에이미는 건성으로 물어보는 것 같았지만, 그래도 뭐라고 대답

하면 좋을지 생각해봤다. 에이미한테 이런 것들을 다 말해버릴까
도 생각해봤다.

- 모건이 원하는 건 운동밖에 없다.
- 모건은 내가 원하는 게 학교 공부와 수학 선행 공부밖에 없
  다고 생각한다.
- 하지만 나는 여전히 모건이 우리 집에 더 많이 놀러 오기를
  바란다.
- 우리 부모님은 모건이 거의 놀러 오지 않는 걸 알아차리지
  못한 것 같다.
- 그런데 오늘 일과 관련해서 엄청 비난받아도 마땅한, 정말로
  멍청한 짓을 내가 했다. 하도 멍청한 짓이라 입 밖에 낼 수도
  없다.
- 그래도 나는 우리가 친구로 남기를 바란다.

하지만 나는 아무것도 말하지 않았다. 우선 에이미가 진심으로
묻는 것인지 확신할 수 없었기 때문이다. 또 그 순간 구내식당의
소음 데시벨이 록 콘서트 수준에 이르렀기 때문이다.

고개를 들어 보니 아민과 패트가 '바닥 패티' 게임을 시작한 게 보
였다. 두 선구자에게 자극받은 모방 경쟁자들이 순식간에 게임에

뛰어든 결과, 대여섯 개의 치킨 패티가 왁스칠 한 바닥 위에서 미끄러지고 있었다. 그러는 동안 속옷-손잡이 유행이 다른 1학년 남자애들과, 맙소사, 1학년 여자애들한테까지 빠르게 퍼져나갔다.

"오 마이 갓."

에이미가 그 상황을 근사하게 요약했다.

그릭스 선생님은 머리 잘린 닭처럼 정신없이 식당을 돌아다녔다. 곱슬곱슬한 콧수염만 아니면 영락없이 진짜 닭 같다. 엄청난 잡음 속에서도 선생님이 무전기에 대고 외치는 소리가 들렸다.

"식당에 9-18 상황 발생. 반복한다, 식당에 9-18! 훈련이 아니다! 9-18!! 9-18!!!"

이 난리통 속에서도 청소부 버즈 씨는 수많은 일과 중 하나를 즐기고 있었다. 잇몸 사이에 이쑤시개 물고 식당 단상의 가장자리에 앉아 있기.

에이미와 나(둘 다 키는 작지만 호기심이 많다)는 더 잘 보기 위해 자리에서 일어났다. 식당이 점점 더 시끄러워졌지만 우리는 대화를 이어가려고 노력했다.

"그래서 니들 둘 사이에 무슨 일이 있었던 건데?!" 에이미가 내 귀에 대고 소리 질렀다. "난 니들이 베프라고 생각했는데!"

와그너 중학교의 최고 '관종'인 필립 그루덴이 노래를 부르면서 치킨 패티 세 개로 저글링을 하고 있었다.

나는 여기저기 난장판에 눈을 둔 채 에이미한테 몸을 기울여 대답했다.

"베프였었지! 하지만 자꾸 싸우게 됐어!"

"싸웠다고?!"

우리 테이블 끝에서는 수업시간마다 낄낄거리는 데 앞장서는 3학년 애슐리가 콧구멍에서 저지방 우유를 질질 흘리고 서 있었다.

"말다툼 말이야!" 나는 큰 소리로 설명했다. "의견이 안 맞았다고!"

영웅적인 1학년 애 하나가 그릭스 선생님의 속옷을 향해 돌진했다.

"왜?"

에이미도 핏대를 세워 물었다.

옛날 내 테이블을 차지한 녀석들은 한창인 장난질에 적극 가담하지는 않고 또래들을 부추기고만 있었다. 모건은 팔짱을 낀 채 서서 난장판을 말없이 바라보고만 있었다.

에이미한테 어디서부터 얘기를 시작해야 하지?

정말로 다른 사람에게 설명할 방법이 없었다. 초등학교 1학년 운동회 날 킥볼●시합을 함께 승리로 이끈 나와 모건이 어쩌다가 8분 뒤면 싸워야 하는 사이가 됐는지를, 디어 크리크 초등학교 시

● 야구와 비슷하지만 방망이 대신 발로 공을 차는 공놀이

68

절이 얼마나 환상적이었는지를 어떻게 에이미한테 이해시킬 수 있겠는가?

다음 장면을 마음속에 그려보라. 2학년 애들과 붙은 킥볼 게임의 막바지다. 몇 주 전부터 모두들 슈퍼볼이나 되는 것처럼 떠들어왔던 경기다. 마지막 이닝, 투 아웃, 주자 없음, 동점 상황. 샘 루이스가 홈플레이트에 선다. 나는 케니 텔러스키의 머리 위로 공을 날리고(정말이다, 내가 공을 날렸다) 2루까지 간다. 다음은? 모건 스틸츠 아니면 누구겠어? 모건이 공을 차지만 생각만큼 세게 차지는 못한다. 하지만 나는 그냥 달리기 시작한다. 나는 제법 빨리 달리기 때문이다. 적어도 그 시절에는 그랬다. 제이슨 브릭스(지금의 나보다 더 컸던 2학년 애)가 홈에서 태그하려고 나와서 공을 기다리고 있다. 과연 어떻게 됐을까? 나는 태그를 피해 득점에 성공한다. 내가 '결승점'을 올린 거다.

우리가 이겼다. 나 덕분에, 나와 모건 덕분에 우리가 이겼다. 내가 영웅이었고 모건도 영웅이었다. 모두가 펄쩍펄쩍 뛰면서 우리 등을 두드렸다. 그 뒤 함께 앉아서 아이스크림을 먹으며 우리가 방금 '베프'가 되었다는 걸 알았다. 그냥 알았다.

그날의 느낌이 그 여름의 느낌이 되고 2학년, 3학년, 4학년, 5학년 때까지 이어졌다. 그날 이전에는 그냥 베프가 아니었던 것처럼, 그날 이후로는 그냥 베프였던 시절. 함께여서 가장 좋았던 시절. 우리는 늘 그렇게 함께였다. 엄마는 우리를 '모르샘'●이라고 부르곤 했다. 그런데 그 모르샘이 이 지경까지 왔다. 이 한심한 학교에서 무언가가, 아니 모든 것이 바뀌었다. 풋볼이나 수학보다 더 큰 차원에서. 내가 아는 건 모르샘의 추수감사절 전통(모건은 추수감사절 다음 금요일 아침에 우리 집에 와서 장난감이란 장난감은 몽땅 꺼내놓고 엄청난 군대를 만든 뒤에 하루 종일 싸우며 놀곤 했다)이 고작 5분짜리 농담으로 바뀌었다는 거다. 작년 추수감사절 때 모건은 나와 농담을 몇 마디 나눈 뒤 우리 아빠와 풋볼을 보러 아래층으로 내려가버렸다. 하지만 아무도 뭔가 잘못됐다고 생각하는 것 같지 않았다.

이런 것들을 에이미한테 어떻게 다 설명할 수 있겠는가?

나는 에이미를 보고 어깨를 으쓱했다.

그리고 그 짧은 순간에 내가 무엇을 봤는지 알아차렸다. 쌩 하는 소리와 함께 우유팩이 에이미의 머리 위를 아슬아슬하게 지나쳐 갔다.

● 모건의 Mor와 Sam을 합성한 단어

12:08

'푸드파이트'(food fight)에 대한 몇 가지 의문.

왜 이 일은 매일 일어나지 않는 걸까? 왜 우리 지역 공동체 센터에는 주간 푸드파이트 행사가 없을까? 왜 〈경이로운 푸드파이트의 세계〉 같은 텔레비전 쇼는 없는 걸까?

아주 어릴 때부터 내가 몹시 화를 내면 엄마는 내 주의를 다른데로 돌리려고 했다. 울고 있을 때면 부엌 탁자에 갑자기 거대한 조각 퍼즐이 등장했다. 아니면 음식 재료를 한 무더기 꺼내놓고 엄청나게 맛있는 쿠키를 만들 건데 도와줄 거냐고 물었다. 그도 아니면 "얘, 샘. 가서 네 옷들 살펴보고 철 지나서 작아진 옷 골라내자." 하고 말했다.(열 살 생일 때 받은 체육복이 아직까지 맞는데도 엄마는 늘 이런 소리를 했다.)

내가 알고 싶은 건 이거다. 왜 엄마는 나한테 그냥 컵케이크를 내던지지 않았을까? 엄마가 그렇게 했다면 오늘 같은 날에도 난 끄떡없을 텐데.

푸드파이트의 가장 근사한 점은 누군가에게 음식을 던져서 못 맞히더라도(이건 틀림없이 내 경우다) 그냥 또 다른 사람에게 던지면 된다는 거다. 이거야말로 윈-윈 아닌가? 거기다 가끔은, 맨디 벌린처럼 사이드암으로 던지면 처음 표적을 놓치더라도 더 나은 목표물을 맞힐 수도 있다. 이럴 경우 말쑥하게 차려입은 선생님이나 감시요원의 콧수염이 요구르트로 범벅이 된다. 그릭스 선생님이 처음부터 표적이었든 아니든 맨디는 내게 영웅이다.

내가 이 짜릿한 전쟁에 참전하지 못할 이유가 없다. 어차피 난 점심을 안 먹을 거니까 무기도 충분하다.

에이미도 열정적으로 참여한다. '에이미는 완전, 말할 것도 없이 굉장한가?'라는 질문에 '예스'라고 대답할 이유가 하나 더 느는 순간이다.

얼핏 보면 오늘 점심 메뉴에서 치킨 패티가 짱 같지만 푸드파이트에서는 음식의 가치가 다르게 매겨진다. 푸드파이트에서 감자 튀김은 투척력 점수 8.3점(10점 만점)이다.(너무 가볍다는 게 감점 요인이다.) 반면 애플소스는 부착력, 파급력에서 9.7점을 받는다. 물론 그렇다고 애들이 수중에 들어온 치킨 패티를 무기로 사용하지 않는다는 말은 아니다.

푸드파이트가 처음이라고?
뭘 던져야 할지 모르겠다고?
그렇다면 이 클래식 무기들 중 하나를 잡으라.
결코 실패하지 않을 것이다!

투척력

반숙 달걀 9.9

미니 당근 9.2

스트링 치즈 8.8

(부드러운) 그래놀라 바 8.5

감자튀김 8.3

파급력

조개 수프 10

애플소스 9.7

 레몬 라임 요거트 9.4

초콜릿 푸딩 9.2

스파게티와 미트볼 8.9

부착력

껌(입에서 방금 나온) 9.7

땅콩버터 젤리 샌드위치(젤리를 털어내야 한다) 9.6

롤리팝(껌과 마찬가지로 입에서 방금 나온) 9.4

따뜻한 나초 9.2

민크캔디 9.0

식당 위에 형성된 소음의 구름은 이제 억수같이 퍼붓는 소나기
로 변한다. 푸드파이트는 재미있는 수준 이상이다. 멋진 영화나

서바이벌게임이나 놀이공원 여행 뒤에 '야, 진짜 끝내줬어!'라고
말하는 수준 이상의 재미다. 이건 좋고 깔끔한 재미가 아니라 나
쁘고 지저분한 재미이기 때문이다. 무례함이 뭔지 충분히 이해하
고도 남을 애들이 애플소스로 뒤범벅된 서로의 모습에서 무례함
을 맛보고 즐기기 때문이다. 이런 목적으로 와그너 중학교 같은
곳을 두는 건 결코 아니겠지만.

애들은 웃고 비명을 지르고 소리치고 고함치며 서로에게 뛰어
오르고 바닥을 구른다. 쟁반을 방패로, 그릇을 헬멧으로 삼고 기
어 다니기까지 한다. 랜치 드레싱* 풀장에서 자유형으로 헤엄치려
고 한다.

나는 에이미를 향했다. 에이미는 병아리콩을 샐러드바(병아리콩
이 원래 있던 자리)에 도로 넣고 있었다. 에이미의 머리카락은 머스
터드소스가 뿌려져 아름다웠다. 우리는 하이파이브를 했는데 정
신을 차리고 보니 여전히 서로의 손을 잡고 있는 채였다. 순수한
기쁨의 시간이 적어도 2.7초쯤 흐른 뒤 에이미가 손을 거뒀다. 그
러고는 양념으로 범벅된 통통한 집게손가락을 내 인중에 갖다 댔
다. 누군가가 내 얼굴에 우정의 징표로 케첩과 랜치 드레싱이 섞
인 콧수염을 만들어놓았기 때문이다.

● 마요네즈와 버터밀크를 섞어 만든 흰색의 샐러드 드레싱

74

에이미의 애정 표시에 고무된 나는 자리에서 벌떡 일어나 날아다니는 도시락 사이를 뚫고 모건의 테이블로 향했다. 푸드파이트 몇 번이면 모건의 어리석은 원한이 날아갈지도 모른다고 생각했기 때문이다.

나는 모건 쪽으로 천천히, 그리고 당당하게 걸어갔다. 슈퍼마켓 진열대 하나를 족히 채우고도 남을 음식들이 나를 향해 날아왔지만 눈곱만큼도 신경 쓰지 않았다.

그때 식당의 문이란 문은 모두 열리고, 그릭스 선생님의 긴급 9-18 호출을 받은 선생님들이 식당으로 쏟아져 들어왔다. 1학년 세 명을 벽에 세워놓고 감자튀김을 던지던 3학년들이 로지어 선생님(미시시피 강 오른쪽 지역에서 최고로 강력한 화학 선생님) 손에 나둥그러졌다. 루약 선생님(덩치가 어마어마한 아줌마 체육 선생님)은 호루라기를 불며 아이들을 구석으로 몰아갔다.

하지만 나는 모건이 나를 향해 웃도록 만들겠다는 생각 말고는 아무것도 없었다. 나는 모건을 향해 성큼성큼 걸어가서 팔을 내밀고 눈으로 말했다. *이봐, 친구. 푸드파이트 같은 희한한 일도 이렇게 일어날 수 있다면, 다른 어떤 일도 가능하다는 말인데, 그렇다면 우리 둘이 화해해서 예전처럼 모르샘이 못 될 것도 없잖아.*

에이미가 부르는 소리에 나는 잽싸게 주위를 둘러봤다.

에이미가 몹시 걱정스러운 얼굴로 그저 앞만 가리키고 있었다.

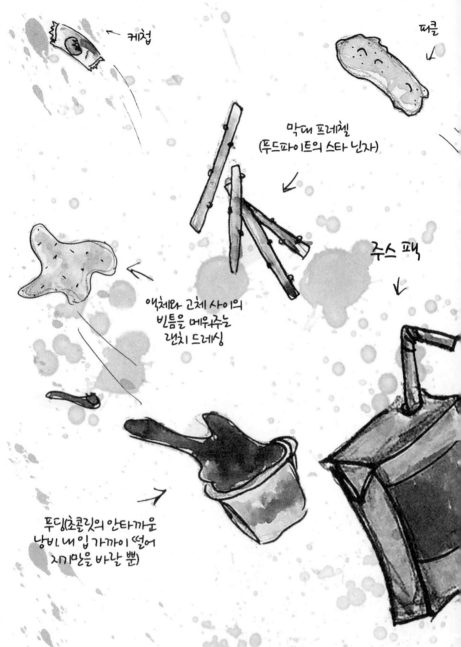

케첩

피클

막대 프레첼
(푸드파이트의 스타 닌자)

주스 팩

액체와 고체 사이의
빈틈을 메워주는
랜치 드레싱

푸딩(초콜릿의 안타까운
낭비. 내 입 가까이 썰어
지기만을 바랄 뿐)

낮 12:11 현재,

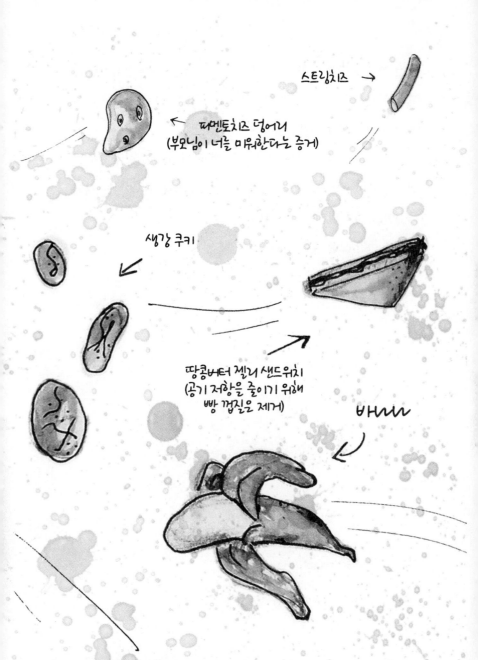

스트링치즈 →

← 피멘토치즈 덩어리
(부모님이 너를 미워한다는 증거)

생강 쿠키

땅콩버터 젤리 샌드위치
(공기 저항을 줄이기 위해
빵 껍질은 제거)

ㅃㅑㅑㅑ

푸드 폭풍의 눈

모건 쪽을 돌아본 순간, 확실히 너무 늦었지만, 나는 알아차렸다. 그 테이블에 있던 바보 몇 명이 딱딱한 샐러드 그릇도 무기로 사용할 수 있다고 판단했음을.

순간 뭔가가 내 머리를 강타했다. 뭔가 내 머리를 야무지게 때렸고, 나는 핑글핑글 돌기 시작했고, 마침내 테이블과 아이들과 음식이 그냥 하나의 큰 얼룩으로 보였다.

다음 순간 모든 것이 진짜로 희한해졌다.

12:16:37~
12:16:46

신사 숙녀 여러분, 세기의 대결에 오신 걸 환영합니다!

오른쪽 코너, 165센티미터에 56킬로그램, 미시건 주 글렌 힐스 출신, 미래의 대학 1부 리그 선수이자 탁월한 매력 덩어리, '대세남' 모건 스털츠.

왼쪽 코너, 145센티미터에 억지로 38킬로그램, 역시 미시건 주 글렌 힐스 출신, 수학의 귀재, 학업성취도평가의 샛별, '왕찌질이' 샘 루이스!

자, 마침내 기다림은 끝났습니다. 이 대결은 역사에 길이 기록될 것입니다. 지난 여덟 번의 결전을 무패로 끝낸 '대세남'은 오늘 또 이긴다면 자신의 땀의 절반을 자선단체에 기부하겠다고 공표했습니다. 이에 반해 별로 위협적이지도, 눈에 띄지도 않는 '왕찌질이'는 오늘 이 대결에서 살아남는다면 무시당하고 인정받지 못

하는 아이들을 위해 헌신하겠다고 각오를 밝혔습니다.

그렇습니다. 오늘 대결의 승자는 슬러시와 감자칩을 평생 제공받으며 거기다 워싱턴 무료 여행권까지 받게 됩니다. 워싱턴에서는 제86회 스크립스 내셔널 스펠링 비*에 출전한 에이미 다카하라를 만나게 됩니다. 에이미는 또한 워싱턴에서 사랑스러운 미소 협회의 장학생으로 선발될 예정입니다.

아, 바로 여기, 맨 앞줄에 그녀가 있습니다. 언제나 사랑스럽고 꼼꼼한 에이미는 매 라운드를 알리는 피켓을 들고 있습니다.

자, 규칙은 다들 알고 있겠죠? 친구가 커닝하는 것을 알고 일부러 철자 틀리기 없기, 친구를 자기 팀에 안 뽑고 끝까지 따돌리기 없기, 사회시간에 친구의 잘못 고자질하기 없기, 생일 파티에 초대하는 걸 잊기 없기, 주위에 여자애들이 있을 때 방귀 뀌었다고 핀잔주기 없기, 자전거로 언덕을 오를 때 너무 빨리 가기 없기, 골지체가 뭔지 설명할 때 참을성 잃기 없기, 새 게임기가 고장난 척하기 없기, 핼러윈 의상을 입겠다고 해놓고는 안 입고서 친구가 입고 온 조폭 의상 비웃기 없기, 엄마가 메시지를 전해주지 않았다고 잡아떼기 없기, 친구 자리를 안 맡아놓기 없기, 친구가 무식하다고 소문내기 없기, 하나 남은 과자 나눠 먹기를 거부하기 없

* 매년 워싱턴D.C.에서 열리는, 세계 최대 규모의 영어단어 철자 말하기 대회

기, 밤샘 파티 취소하고 다른 애 집에 놀러 가기 없기, 엄마들이 친구 사이라서 그 집에서 자고 왔을 뿐이라고 변명하기 없기, 그리고 이런 말들도 하기 없기: "페루 인구가 몇 명이면 무슨 상관인데?" "우린 카일네 집에 역기 들러 갈 건데." "내 말은, 너도 갈 수는 있지만, 이번엔 나랑 크리스만 갈 생각이었거든." "제법이네, 네가 한 것치곤." "네가 아이스크림 좋아한다고 말한 적 없는 것 같은데." "걔한테 그 얘기 한 사람이 나라면 어쩔 건데?" "맹세해, 그렇게 세게 칠 생각은 아니었다구. 그래, 인정할게. 세게 쳤다, 그래." "난 거짓말 잘해, 넌 꿈도 못 꾸겠지만." "걔한테 네 이메일 보여주지 말라고 한 적 없잖아." "그래, 잘났다." "찌질하게 좀 굴지 마." 그리고 "그래, 친구였었지. 너랑 나랑 친구였었어."

12:18

무슨 영문인지 모르겠지만, 스코티 도널드슨과 앤드루 몬테고가 나를 부축해서 복도를 걸어가고 있었다. 우리는 어설프게 모퉁이를 돌아 출입문으로 들어갔다. 한심스럽게도 스코티와 앤드루는 푹신한 의자 위에 나를 던지듯이 앉혔다.

"고맙다, 얘들아. 샘을 여기까지 데려다줘서. 이제 가도 돼."

랜던 선생님의 보건실에 온 게 틀림없었다. 쪼글쪼글한 피부에 빳빳한 흰색 제복을 입은 랜던 선생님이 내 쪽으로 의자를 돌려 앉았기 때문이다.

"랜던 선생님," 앤드루가 말했다. "샘이 계속 권투 시합 얘기를 했어요."

"근사하네." 랜던 선생님이 조용히 말했다.

"왕찌질이 뭐라던데." 앤드루가 황당하다는 듯 얘기를 이어갔다.

"그리고 계속 중얼거렸어요. 무슨 소린지 모르겠지만 무슨 규칙 같던데," 스코티가 말했다. "뭐 없기, 없기, 뭐가 계속 없다던데. 샘이 미쳐가나 봐요."

"고맙다, 애들아. 이제 가도 돼."

랜던 선생님은 차분히 말한 뒤 애들이 나갈 때까지 기다렸다.

"샘, 내 말 들리니?"

약솜으로 가득한 병, 면봉, 붕대가 주위를 둘러싸고 있었다. 귀를 세밀하게 그린 포스터, 건강한 치아 모형, 완벽한 자세 그림, 그리고 각종 안내문의 복사지: 백신 접종 기간, 인근 초등학교의 머릿니 발생, 하루에 35번 손을 씻어야 하는 이유들.

"네."

대답을 하면서 왕찌질이가 뭔지, 아니 누군지 기억하려고 애써 봤지만 아무것도 생각나지 않았다.

"기분은 어때?"

랜던 선생님이 이 두 마디를 얼마나 천천히 말하던지 세상에서 가장 이해하기 어려운 문장이나 되는 듯했다. 나이 차이는 좀 있을지 몰라도 랜던 선생님은 청소부 버즈 씨와 같은 세대의 사람이다. 내 말은, 선생님이 간호사 교육을 받은 게 독립전쟁 무렵일 거라는 뜻이다. 선생님의 몸이 침팬지와 비슷한 것도 내 생각을 뒷받침해준다.

선생님의 몸을 비교 측정해보자:
간호사 랜던 선생님과 동물의 왕국

'설마 이럴 리가' 싶겠지만 이건 사실이다.

"머리가 조금 아파요."

이건 어느 정도 정확한 대답이었다. '조금'이 '미치도록 지끈거린다'는 의미도 될 수 있다면.

"짐작이 가네. 애들 말로는 네가 끔찍한 것에 맞았다더구나. 눈동자가 이리저리 오락가락하고 팽이처럼 팽글팽글 돌았다던데."

랜던 선생님이 작고 딱딱한 손을 내 이마로 천천히 뻗었다. 내 몸은 음식물로 뒤덮여 있었지만 포름알데히드의 강렬한 냄새를 확실히 맡을 수 있었다.

"저런, 저런, 엄청난 혹이 생겼구나. 알고 있었니?"

나는 재빨리 손을 들어 통증의 근원지를 찾았다. 이마 위쪽에서 캐러멜 모양의 혹이 만져졌다. 평소라면 이건 결코 좋은 일이 아니다. 하지만 그 순간 내 엉덩이가 작살날 예정이란 게 기억났다. 머지않아. 지금 곧.

엉덩이가 작살날 마당에 두개골에 이깟 혹 하나 생기는 것쯤이야.

"다른 애들은 점심 먹고 쉬는 중인 거죠?"

랜던 선생님이 천천히 머리를 저었다.

"아니, 아니지. 휴식시간은 취소됐어. 그런 바보 같은 짓을 저지르다니. 식당 청소에서 제외된 건 너 하나뿐이야. 도대체 너희들은 언제쯤에나 영양의 중요성을 깨닫겠니?"

휴식시간이 취소됐단다! 푸드파이트를 좋아할 수밖에 없는 이유가 하나 더 생겼다.

"교장선생님이 너희 부모님께 전화드렸는데 두 분 다 연락이 안 된대."

랜던 선생님이 이 문장을 말할 때 나는 거의 완벽하게 회복돼 있었다.

"부모님 전화번호 다른 건 없니? 학교 기록엔 직장과 집 번호밖에 없네."

나는 안간힘을 써서 일어나 앉았다.

"왜 전화하시려는 건데요?"

캐러멜 혹에 관한 5분 소식

우리 지역에서 최고로 멋진 혹!

대환영 :
얼음 팩 & 푹신한 베개

절대 사절 :
빗 & 모자

희망 사항 :
샘은 열네 번째 생일에 솜을 넣은 헬멧을 받게 된다.

부작용 :
아줌마들이 "예쁜 캐러멜이 네!"라고 놀린다.

좌우명 :
"언제나 마음이 가는 대로 따르라. 하지만 나는 절대로 건드리지 말라."

선생님이 미소를 지었다. 아마 1794년에 선생님의 말썽꾸러기 아들들이 우유를 짜는 대신 편자 던지기 놀이를 하고 싶다고 말했을 때도 저런 미소를 지었지 싶다.

"왜긴? 그래야 널 집에 데려가시지."

"아~~~."

나는 혹을 만지면서 생각해봤다. 그러니까 전화 한 통이면 모든 상황이 끝난단 말이지. 부모님 차를 탄다. 집에 숨는다. 캐나다 시민권을 신청해서 토론토로 이사 간 다음, 온순한 사람들 사이에서 평화롭게 산다.

하지만 그건 불가능하다. 캐나다 시민권을 얻는 게 하늘의 별 따기나 마찬가지라고 어딘가에서 읽었기 때문이다. 갑작스레 봄 폭설이 펑펑 내리거나 치명적인 바이러스가 발생하지 않는 한 나는 내일 이 시간에 여기 있어야 할 거다. 그리고 모건은 여전히 내 엉덩이를 작살내고 싶어 할 거다.

"아빠는 일하고 있을 땐 전화 연결이 안 돼요."

나는 안타까운 기색이 묻어나도록 애쓰면서 말했다.

사실 아빠는 대부분의 시간을 집에 있는 스튜디오에서 일한다. 아빠는 음악 엔지니어다. 음악과 음향 효과를 결합시켜 풋볼과 농구 경기장에서 사용할 음악을 만드는 게 아빠가 하는 일이다. 한번은 아빠가 모건과 나를 위한 어마어마한 도입부를 작곡했다.

마치 우리가 챔피언 결정전에라도 출전하는 것 같았다. 아빠가 조명을 끄고 볼륨을 높이자 내가 운동을 질색한다는 사실을 잊어버렸고 심지어 지구를 구하러 나서는 기분마저 들었다. 우리는 아빠한테 그 음악을 열한 번이나 연주하게 했고 모건과 하이파이브를 하느라 내 손은 벌게졌다.

"그리고, 엄마는 스위스에 출장 가셨어요."

거짓말을 하더라도 턱없이 하면 안 된다. 우리 엄마는 진짜로 출장 중이다. 스위스가 아니라 세인트루이스에 갔을 뿐이긴 하지만. 엄마는 대학 친구의 사촌의 결혼식에 사진사로 갔다. 그리고 친구와 어울려 노느라 오늘까지 거기 머물기로 했다.

엄마는 원래 사진 찍는 게 취미였다. 그러다 4년 전쯤, 삼촌의 쉰 번째 생일 파티가 성대하게 열렸던 날, 사진사가 갑자기 아파서 못 오는 바람에 엄마가 대신 사진을 찍었고 엄마의 사진 실력이 정말 훌륭하다는 게 드러났다. 그러자 엄마는 자기 일을 시작하기로 결심했다.

그 무렵의 어느 일요일 밤이 기억난다. 엄마가 내 침대 가장자리에 앉아서 물었다.

"엄마가 다시 일을 시작하는 거, 넌 어떻게 생각하니?"

"무슨 일요?"

"글쎄,"

엄마는 내 질문에 엄청 흥분한 것 같았다. 얼굴이 갑자기 환해졌기 때문이다.

"사진작가 레베카 루이스 어때?"

그 순간 엄마한테 하고 싶은 질문이 백 개도 넘게 한꺼번에 떠올랐지만 대부분 별로 좋은 건 아니었다. 이를테면 '난 어떡해요?' 그리고 '몇 시간이나 나가 있을 건데요?' 그리고 '사진 찍는 건 멍청한 짓이에요.' 어떤 건 사실 질문도 아니었다. 하지만 내가 기뻐해주길 엄마가 바란다는 걸 알았기 때문에 이렇게만 말했다.

"근사하네요."

처음에 엄마는 우리 집 지하실에서 일했다. 그러다 아주 근사한 컴퓨터가 딸린 작업실을 따로 얻었는데, 문제는 엄마가 거기에 너무 오래 머문다는 거였다.

엄마가 카메라에 열광해서 좋은 것 딱 하나는 내 인생에서 재미있었던 모든 일들이 사진으로 남아 있다는 거다. 자전거 타는 법 배우기, 초콜릿 칩 팬케이크 만들기, 이웃집 트램펄린 위에서 방방 뛰기, 나이아가라 폭포 앞에 서 있기, 기타 등등. 그리고 엄마는 여러 번 내 생일에 정말로 멋진 앨범을 만들어줬다. 열한 살이 됐을 때도 엄마는 앨범을 만들어줬는데, 부모님이 세상에서 가장 멋진 놀이공원인 시더 포인트에 나와 모건을 데려갔을 때 찍은 사진들로 만든 거였다.

앨범에는 급류타기에서 내린 직후에 찍은 사진도 있다. 나와 모건 둘 다 쫄딱 젖었고 모호크 머리●가 돼 있었다. 우리는 완전히 넋이 나간 채 카메라 앞에서 이렇게 주절댔다. "나, 맛이 갔나 봐. 못 서 있겠어." 하는 모건한테 나는 "내가 멍청했어! 저걸 타느니 죽는 게 낫지." 하고 대꾸하는 식이었다. 우리는 옷이 다 마를 때까지도 계속 이런 농담을 주고받았고 마침내 아빠한테 그만 하라는 핀잔을 들었다.

엄마는 그 사진을 앨범에 한 페이지 크기로 넣었다. 지금까지 찍은 사진 중에 최고였다.

오늘 아침에도 이 사진을 봤다. 이상하게 잠이 일찍 깼는데 다시 잠들 수 없었기 때문이다. 사진을 보다가 아래층으로 내려가니 아빠가 식탁에 앉아 커피를 마시며 신문을 읽고 있었다.

"어이, 굿모닝."

내가 대답 없이 서랍을 열고 시리얼 상자를 꺼내자 아빠가 말했다.

"꽤 일찍 일어났네."

나는 냉장고로 가서 우유를 꺼낸 뒤 대답했다.

"근데요?"

그릇과 숟가락을 챙기는 나를 아빠가 지켜보고 있는 게 느껴졌다.

● 머리의 가운데에만 띠 모양으로 모발을 남겨두는 머리 스타일

"다 괜찮은 거지, 아들?"

이제야 아빠는 알고 싶은 거다. 크리스가 우리 집에 드나들게 한 지 1년하고도 6개월이 지난, 이제야. 내가 작년에 크리스의 희한한(어른이라곤 코빼기도 안 보이니까 애들이 내 머리 위로 볼링공을 떨어뜨리기까지 했던) 집을 뻔질나게 들락거릴 땐 신경도 안 써놓고선, 이제야. 모건이 전교생 앞에서 나를 비웃고 난, 이제야.

나는 그냥 시리얼 상자를 빤히 보면서 말하기 싫다는 듯 대답했다. "다 좋아요." 아빠는 별말이 없었다.

나는 랜던 선생님에게 말했다. "지금 당장은 두 분 다 연락이 안 될 거예요."

"알았다, 샘."

선생님이 의자를 돌려 책상에 다가앉았다.

"그럼, 기운을 되찾을 때까지 원하는 대로 여기 있으렴."

숨을 수 있는 또 다른 기회다. 하지만 그래봤자 달라질 게 뭐지?

"저, 진짜로 괜찮아요."

"정 그렇다면야."

선생님이 체육복을 건넸다. 파란 반바지와 노란 티셔츠. 초강력 바이킹을 닮았다고 뽐낼 만한 색깔이다.

"이건 왜요?"

또 한 번 그 미소가 돌아왔다.

"머리부터 발끝까지 친구 도시락을 덮어쓴 채 돌아다니는 건 교육을 잘 받은 사람의 모습은 아니겠지, 그지? 지금 여기서 갈아입어도 돼. 난 교장선생님께 네 상태를 알려드리러 잠깐 나갈 거니까."

12:21

애플소스가 왜 신발 끈에만 조금 묻었을까 궁금해하면서 끈을 다시 묶고 있는데 문을 두드리는 소리가 났다.

"네에에?"

문이 벌컥 열리면서 목소리가 먼저 들어왔다.

"미안해요, 또 왔어요." 미술을 가르치는 주커먼 선생님의 머리가 보였다. "혹시 좀 더 있어요? 그—"

선생님이 고개를 돌려 나를 보고는 랜던 선생님이 아니란 걸 알아챘다.

나도 모르게 손을 흔들었다.

"안녕하세요, 주커먼 선생님."

안으로 들어오는 주커먼 선생님의 모습이 보였다. 길고 구불구불한 짙은 색의 머리카락, 흘러내릴 듯한 스카프, 보라색 줄에 달린 오렌지색 안경, 부드러운 밤색 팬츠드레스, 그리고 언제나처럼 오토바이 폭주족한테나 잘 어울릴 법한 가죽 부츠까지.

"미카라고 불러." 이런 대화가 두통을 일으키기라도 한다는 듯 선생님이 오른쪽 눈을 감았다. "이름으로 부르기 껄끄러우면 Z 선생님이라고 부르든가."

"죄송해요."

나는 애플소스를 없애려고 의자에 손을 닦으면서 대답했다.

"근데 무슨 일이야? 여기서 뭐 하는 건데? 랜던 선생님은? 그리고 이 꼴은 다 뭐니? 설마 피구 하다 다쳤다고 할 생각은 아니겠지?"

주커먼 선생님에 대해 분명히 짚고 넘어가야겠다. 선생님은 와그너 중학교 구성원들의 평균치와는 다르다. 여기 선생님들 대부분은 우리를 말 잘 듣는 강아지처럼 길들이는 게 자기들의 역할이라고 생각한다. 하지만 주커먼 선생님, 또는 미카, 또는 Z 선생님은 그렇지 않다. 선생님은 이런 식으로 얘기한다. "난 너희들이 모르는 예술에 대해선 많이 가르칠 생각이 없어. 왜냐면 예술은 이미 너희들 안에 있으니까. 너희들은 단지 기억해내기만 하면 되는 거야. 우린 모두 다 예술가니까. 한 사람도 빠짐없이." 선생님은 우리를 진짜 어른이나, 아니면 적어도 작은 어른처럼 대해준다.

"못 들으셨어요?"

Z 선생님이 우리가 하고 있는 이야기의 단서라도 찾으려는 듯 보건실을 이리저리 둘러봤다.

"뭘 들어?"

선생님은 어쩌면 이렇게 뭘 모를까?

"선생님은 구내식당에 안 가셨어요? 선생님들을 거기로 다 부르던데요. 코드 9-18인가 뭔가라면서."

"9-18? 몰라. 점심시간에 명상하느라 인터폰을 끄고 있었지. 당연히 식당에도 안 갔고."

Z 선생님의 또 다른 특징. 한편으로 선생님은 상당히 멋진(나는 웬만해선 이 단어를 안 쓴다) 사람이다. 그림 그리기라면 질색인 내가 그림을 다시 그려볼까 하는 생각을 갖게 된 것도 선생님 때문이다. 선생님은 나한테 '인상파'에 관한 책을 한 권 줬고, 나는 지점토 공예를 하는 대신 그 책을 읽었다. 지점토의 그 걸쭉한 느낌은 정말로, 진짜로 참을 수가 없기 때문이다. 나중에 그 책에 대해 얘기를 나눌 기회가 있었는데, 내가 열두 살 생일에 받은 공학용 계산기에 홀딱 빠진 것처럼 선생님은 그 모네라는 사람한테 홀딱 빠졌다는 걸 알 수 있었다. 하지만 다른 한편으로 선생님은 정상이 아닌 것처럼 보일 때가 많다. 어쨌든 선생님은 와그너 중학교에서 내가 두 번째로 좋아하는 사람이다.

선생님도 나 못지않게 구내식당을 죽도록 싫어하는 사람이다.

"초대형 푸드파이트요."

나는 체육복이 들어 있던 비닐 가방에 옷을 챙겨 넣었다.

"어떤 녀석이 샐러드 그릇을 제 머리에 집어던졌어요."

"어디?"

선생님이 갑자기 관심을 보였다.

"바로 여기요."

나는 일어나서 선생님에게 혹을 보여줬다.

Z 선생님이 초록색 물감으로 반쯤 덮인 손을 들어 내 이마에 얹었다. 그러자 기분이 훨씬 좋아졌다.

"이런, 젠장."

그렇다, Z 선생님이 다른 선생님들과 구분되는 또 다른 점이다.

"모건이 그런 건 아니지, 그지?"

"모건요?" 나는 무슨 말인지 전혀 모르는 척했다. "모건이 왜 저한테 샐러드 그릇을 던져요?"

Z 선생님은 손을 거두고 팔짱을 끼더니 아무 말도 하지 않았다. 선생님은 슬며시 웃으며 눈동자를 굴렸는데 그 표정은 다음 중 하나, 아니면 전부 다를 의미하는 것 같았다.

● 네가 진짜 영리한 거 아니까 멍청한 척하지 마.
● 제발 다른 선생님들한테 하듯 나를 속일 생각은 하지 마. 너

96

도 알겠지만 난 다른 선생님들과 달라.

● 난 미카 주커먼이야. 여기 와그너 중학교에서 벌어지는 일은 몽땅 다 알고 있지. 그러니까 내가 무슨 말 하는 건지 모르는 척하진 말자.

Z 선생님의 마지막 특징. 선생님은 여기서 벌어지는 일을 몽땅 다 안다.(아마 초대형 푸드파이트만 빼고.) 내 생각에 그게 선생님의 의도적인 전략은 아닌 것 같다.(Z 선생님은 의도적으로 전략을 세우고 그럴 사람은 아니니까.) Z 선생님 교실에서는 다들 저절로 다른 교실에서와는 다르게 행동하게 된다. 거기선 아무 말이나 해도 된다. 심지어 선생님이 그러도록 부추긴다. 시타르 연주가 담긴 CD를 들으며 그냥 앉아서 망고를 그리거나 찰흙으로 구두를 만드는 내내 수다를 떤다. 그러는 동안 Z 선생님은 이리저리 돌아다니면서 아이들이 어떻게 하고 있나 점검하고 작품이 훌륭하다고 칭찬하며(진심인 것 같다) 한두 가지 조언을 하지만 별로 서두르지 않는다. 대신에 선생님은 앉아서 아마도 자신의 작품을 만드는 것 같다. 그렇다 보니 자연스레 선생님을 2학년 학생 중 한 명처럼 대하게 되는 거다. 몇몇 여자애들은 친구한테도 말하지 않는 개인적인 얘기를 나누기 위해 수업을 마친 뒤, 아니면 아침 일찍부터 선생님 옆에 바싹 붙어 있다. Z 선생님의 교실은 와그너 중학교의

온갖 소문을 끌어당기는 자석과 같다.

나는 끈적끈적한 의자에 다시 앉았다.

"모건이 있는 테이블에서 날아왔어요. 하지만 모건 짓은 아닐 거예요."

"그럼 그게 사실이구나."

Z 선생님이 랜던 선생님 의자에 털썩 앉았다.

"너희 둘이 오늘 점심시간에 정말로 싸울 작정이라던데."

"맞아요, 사실이에요."

Z 선생님 앞에서는 아닌 척해봤자 소용없다.

"미친 짓이야, 샘."

선생님은 랜던 선생님의 서랍 하나를 열고 안을 쓱 훑어보기 시작했다.

"너희 둘은 얘기를 해야 해. 문제를 정리할 필요가 있어."

선생님은 작은 플라스틱 용기를 꺼내 라벨을 읽어보더니 도로 집어넣었다.

"갈등의 비폭력적 해결, 알지?"

"알아요. 모건한테도 그렇게 말씀해주시지 그러세요."

나는 선생님에게 우리 둘 사이의 협상을 부탁할 수 있으면 얼마나 좋을까 생각했다.

"그러니까 네가 모건한테 사과해야지."

"애들아, 자기 자신의 참모습에 저항하려고 하지 마."

"눈을 감아. 쉬잇… 귀 기울여 들어봐. 소리가 들리니? 바로 그 소리가 너의 내면이 느끼는 소리야!"

"괜찮아. 피카소조차 때로는 영감을 그냥 날려버렸으니까."

"내가 왜 웃고 있는지 아니? 왜냐면 10년 후에도 너희들이 내 미술 수업을 듣고 있을 것 같아서야!"

"그래, 맞아, 좋았어!!!"

미술교사상

Z 선생님은 약병 하나의 비닐을 벗기고 마개를 열어 냄새를 맡은 다음 살짝 몸서리를 쳤다.

"왜 제가 사과를 해야 하죠?"

순간 선생님이 도둑질을 멈추고 또 다른 종류의 묘한 표정을 지어 보였다.

"샘, 제발. 내가 그렇게 크게 잘못 말한 건 아닌 것 같은데. 봐, 만약 너희 둘이 싸울 거라면, 아마 그건 네 생각이 아닐 거야. 맞지?"

"맞아요."

"그리고 그동안 너랑 모건은 껌딱지처럼 붙어 다녔지. 아주 친하게, 베프로. 내 말 맞지?"

"네."

"그리고 모건은 운동선수고 또 모든 걸 봤을 때, 상당히 괜찮은 애잖아. 내 말 맞니?"

"네, 그래요. 그랬었죠, 어쨌든."

"그러니까 네가 뭔가 모건을 엄청나게 열 받게 만든 일을 한 거겠지."

나는 잠시 발을 내려다보다가 대답했다.

"글쎄요, 한 가지쯤 했겠죠."

"한 가지?" 선생님이 비웃는 것 같았다. "확실해? 그냥 한 가지만 했다고? 딱 한 가지?"

나는 미칠 지경이 되었다.

"도대체 뭘 바라시는 건데요?"

"말해봐, 샘."

선생님은 이제 스카프로 안경을 닦고 있었다.

"너, 저번 성적표도 끝내줬지?"

이건 또 무슨 상관이란 말인가?

"A요."

선생님은 나를 보지도 않고 물었다.

"올 A?"

"A 플러스 두 개 빼면요. 근데요?"

"그럼…"

선생님은 안경에 입김을 불고 닦기 시작했다.

"그럼 모건은, 모건 성적은 어땠어?"

나는 어깨를 으쓱해 보였다.

"제가 그걸 어떻게 알아요? 기억 안 나요."

선생님은 고개를 들고 나를 보며 미소를 지었다.

"진짜? 넌 타지키스탄의 수도가 어딘지도 알잖아. 또 우라늄 원자 속의 전자가 몇 개인지도 알고. 그런 네가 기억을 못 한다고? 그것도 베프-"

"예전 베프예요."

나는 선생님의 말을 바로잡았다.

"그런데도 모건의 성적을 기억 못 한다는 말을 나보고 믿으라고?"

"알았어요." 나는 신발 뒤축으로 의자를 치며 말했다. "A 한 개, B 두 개, C 네 개예요."

"A는 체육?"

"네. 그래서요?" 나는 화가 났다. "그게 도대체 무슨 상관인데요?"

선생님은 마침내 안경 가지고 놀기를 그만두고 허리를 펴고 앉더니 나를 똑바로 바라봤다.

"아, 나도 몰라. 하지만 이런 생각은 드네. 모건은 네 성적을 알고 자기 성적을 네가 안다는 것도 알아. 그리고 서로의 성적을 볼 때마다 아마 넌 어쩔 수 없이 무척 기쁠 거야. 그러니까 내 말은, 뭐랄까 약간 으쓱한 느낌, 말하자면 모건 앞에서 보란 듯이 어깨에 힘을 빡 준달까, 뭐 그런 기분?"

목뒤가 몹시 달아오르고 이마의 혹이 부풀어 오르는 것 같았다.

"전 눈곱만큼도 으쓱하지 않았어요."

진정하라는 듯 선생님이 손을 들어 올렸다.

"됐다, 신경 쓰지 마. 네가 이마 땜에 욱해서 그럴 거야. 이해해.

그럼 네가 했던 한 가지는 뭔데?"

나는 정말로 말할 뻔했다. 사실은 말하고 싶었다. 하지만 그때 랜던 선생님이 불쑥 들어오더니 퍼뜩 미소를 지었다.

"아, 안녕, 미카. 오늘은 기분이 어때요?"

Z 선생님은 머리를 저었다.

"말도 마요."

둘 다 나를 봤다. 나는 일어나서 셔츠를 커다란 반바지 속에 집어넣으며 Z 선생님에게 6교시 마친 후 찾아가겠다고 말하려고 했다. 하지만 랜던 선생님이 먼저 말했다.

"샘."

랜던 선생님은 아주, 아주 부드럽게 말했다.

"교장선생님이 기다리고 계셔."

12:25

만약 체육복을 입고 있지 않았다면, 만약 음식물이 잔뜩 묻은 옷이 든 비닐 가방을 들고 있지 않았다면, 만약 걸을 때마다 신발에서 온갖 소스가 찍찍 삐져나오지 않았다면, 만약 발이 바닥에 닿을 때마다 혹이 지끈지끈 쑤시지 않았다면, 나는 이 상황에서 훨씬 더 야릇한 기분을 느꼈을 거다. 왜냐하면 내가 걷고 있는 복도는 와그너 중학교에서 가장 비밀스러운 방으로 깊숙이 이어져 있기 때문이다.

나는 진짜 카펫 위를 걷고 있었다. 특별히 근사한 카펫은 아니지만, 그래도 카펫이다. 학교 다른 곳의 타일과 비교하자면 환상적인 수준이다. 모퉁이에서 벨보이가 짐을 높다랗게 실은 황동 카트를 밀며 나타날 것 같았다. 게다가 (찔꺽거리는 걸음을 멈추고 확인한 결과) 복도의 조용함이란, 그렇다, 정말로 조용했다.(이 학교에선

104

선생님들이 "내가 조용히 하라고 했지!!" 하고 소리칠 때밖에 못 듣는 바로 그 단어다.) 나는 학생이라곤 그림자도 안 보이는 복도를 혼자 걷고 있었다.

하지만 바로 그때 내 앞에 있는 게 뭔지 알아차렸을 때의 놀라움에 비하면 그건 새 발의 피였다. 손잡이가 달린 문 뒤의 그것은 변기가 하나, 딱 하나뿐인 화장실이었다.

나는 안으로 들어갔다. 진짜 믿기 어려웠지만 그 문에는 '잠금 장치'라는 게 있어서 내가 '사생활'이라는 걸 누릴 수 있게 해줬다.

거울을 보려고 해봤지만 어른 키 높이에 붙어 있었다. 다행히 세면대 밑에 높다란 나무 받침대가 있길래(이렇게 해둔 랜던 선생님에게 잊지 말고 감사 인사를 해야겠다) 끌어다 놓고 그 위에 올라섰다. 찐득찐득한 게 머리카락에 붙어서 마치 젤을 바른 것처럼 돼 있다. 체육복 셔츠는 사이즈가 XS인데도 어깨 쪽이 너무 컸다. 이번 크리스마스에는 산타 할아버지에게 어깨를 좀 선물해달라고 쪽지를 보내야 할 판이다.

그때 문득 쪽지와 관련된 기억이 떠올랐다. 쪽지를 주고받는 데도 규칙이 있냐고 묻는다면 그렇다고 대답할 수밖에 없다. 이건 상당히 복잡한 문제니까 집중해주면 좋겠다.

절대로 쪽지를 주지 마라. 쪽지를 쓸 생각조차 하지 마라. 안 된다. 절대로, 죽어도!

지난 금요일로 돌아가보자. 그릭스 선생님의 수업시간. 그릭스 선생님은 우리를 1758년으로 데려가려고 했다. '프렌치 인디언 전쟁'이라는 이름이 붙은 그 지루한 단원. 수업은 거의 끝나가고 있었고 아무도 더 이상 집중하지 않았다. 그러자 그릭스 선생님은 끔찍한 '무차별 공격' 복습을 시도했다. 선생님은 한두 시간 전의 수업 내용에서 아무 문장이나 가져와 결정적인 단어만 쏙 **빼놓고** 말한 뒤 아무나 지적한다. 그러면 걔는 그릭스 선생님이 참을성을 잃고 다른 애를 지적하기 전에 그 단어를 말해야 한다. 두 명 넘게 시켰는데도 바른 답이 안 나왔을 때 그릭스 선생님이 열 받는 모습을 지켜보는 게 이 복습에서 유일하게 재미있는 장면이다.

"캐나다에선 프렌치 인디언 전쟁을 이렇게 부르지. (팔을 쭉 뻗고) 켈시 래코스키!"

켈시 래코스키는 꼼지락거리며 교실을 둘러봤다. 마치 벽 어딘가에 정답이 적혀 있기라도 한 것처럼.

"어어어, 그 전쟁은…."

그릭스 선생님은 콧수염을 씹으며 교실 반대쪽으로 팔을 휘저었다.

"저스틴 켈러먼!"

저스틴 켈러먼은 방어라도 하듯 팔을 들어 올렸지만 대답을 해야 한다는 사실은 잊어버린 것 같았다.

그릭스 선생님의 귀에서 열기가 뿜어져 나오기 시작했다. 선생님은 더 이상 참을 수가 없었고, 결국, 내가 구원투수로 지목되었다.

"샘 루이스!"

뭔가 끼적거리고 있던 나는 고개를 들었다.

"7년전쟁요."

내 대답은 지긋지긋한 '삼진 아웃이니 숙제를 더 해야지' 상황에서 모두를 구원해냈다.

당연히, 그릭스 선생님은 '잘했어'라거나 그 비슷한 다른 말도 하지 않았다. 단지 다음 문제로 건너뛸 뿐. 드디어 선생님이 모건을 지목했다. 모건은 2학년 사회수업 역사상 가장 쉬운 질문을 받게 될 게 뻔했다. 그릭스 선생님은 운동선수를 확실히 편애하는 교사이기 때문이다.

"이름은 프렌치 인디언 전쟁이지만, 사실 이 전쟁은 프랑스와 누구 사이의 전쟁이지? (팔을 쫙 뻗고) 모건 스털츠!"

대답하려고 애쓰는 모건의 등을 보기 위해 나는 옆으로 몸을 기울였다.

그릭스 선생님은 친절한 태도를 보이면 모건이 똑똑해지기라도 하는 것처럼 모건한테 진심 어린 미소를 지었다.

"어어… 프랑스하고 인도…?"

뇌가 근육이 아닌 건 나도 안다. 하지만 뇌도 안 쓰면 줄어드는 모양이다. 2년 전만 해도 모건은 저 정도로 멍청한 대답은 결코 하지 않았기 때문이다. 내 말은, 모건도 날짜나 사건을 기억하는 건 상당히 잘했다는 뜻이다. 모건한테 무슨 일이 생긴 건지 누가 알겠는가? 그때 내가 알았던 건, 모건의 멍청함은 나도 어쩔 수 없다는 것뿐이었다.

나는 공책의 빈 페이지를 펼치고 한가운데에 '모건은 진짜 멍청해'라고 썼다. 그 페이지를 조심조심 찢어낸 뒤 정성스럽게 종이비행기를 접었다. 학년 초에 Z 선생님이 종이비행기 접는 방법을 15가지나 가르쳐줬다. 선생님은 종이비행기 가운데에 짧은 비밀 메시지를 쓰는 방법까지 보여줬다. 그래서 한동안, 모건이 변하기 전까지는, 그릭스 선생님이 안 볼 때 모건과 나는 이런 식으로 서로 쪽지를 주고받곤 했다.

이 쪽지를 누구한테 건넬 생각 같은 건 전혀 없었다. 그냥 너무 지겨웠을 뿐이다. 솔직히 말하면, 점심시간에 크리스(와 조던과 브랜든)가 나를 놀릴 때 모건도 같이 나를 비웃은 것에 약간 화가 났다.(내가 지금도 가끔 스파이더맨 보온병을 쓰는 게 뭐가 어떻단 말인데?) 어쩌면 점심시간이랑 응원대회 때랑 또 그사이 스무 번쯤 모건이 나를 비웃은 것에 마침내 넌더리가 났던 건지도 모른다. 어쨌든 나는 종이비행기를 접어 책상 가장자리에 놓아뒀을 뿐이다.

10초쯤 뒤 옆자리에 앉은 드레이크 카터가 사회책을 들었다가

공포의 상어

초현실주의

미스터리 UFO

날으는 W

공중제비

종이학

내리쳤다. 그릭스 선생님의 질문에 정답을 맞힌 걸 자축하는 행위였다. 모든 일이 동시에 벌어졌다. '탁' 하는 소리, '펄럭' 하는 공기의 움직임, 종이비행기의 낙하, 수업 마침 종소리, 그리고 교실을 뛰쳐나가는 서른 명의 경주. 나는 종이비행기를 찾아봤다. 모든 곳을 둘러봤다. 손바닥을 짚고 무릎걸음까지 해봤다. 하지만 종이비행기는 온데간데없었다.

걱정으로 금요일을 꼴딱 새우고 토요일이 되자, 걱정할 게 아무것도 없다는 깨달음이 왔다. 거기에 내 이름 같은 건 없다. 그게 모건한테까지 날아갔을 리도 없다. 청소부 버즈 아저씨가 벌써 버렸을지도 모른다.

일요일, 모건네 집에 전화했더니 모건 엄마가 이달 들어 열 번째로 이렇게 말했다.

"아, 샘, 안녕. 모건은 자전거 타러 나갔는데."

나는 자전거를 타고 곧장 크리스네 집으로 갔다. 집 안에 들어갈 생각은 없었고 그저 모건의 자전거가 앞에 세워져 있는지 확인만 할 생각이었다. 그런데 운도 좋지, 진입로에 모건, 크리스, 조던, 그리고 브랜든이 있었다. 그리로 가는 게 좋은 생각인지 아닌지 결정할 틈도 없이 걔들이 나를 봤고 크리스가 웃으면서 주먹을 흔들었다. 마침내 나한테 대수학을 배우려고 결심한 게 아니라면 결코 좋은 징조가 아니었다. 하지만 너무 늦었다. 그냥 돌아설 수는 없었다. 그래서 자전거를 타고 그리로 갔다.

나는 모건을 바라봤지만 모건은 나를 만난 게 기뻐 보이지 않았다. 모두 말없이 침묵했지만, 이런 분위기였다. 누군가 입을 열기만 하면 신나는 일이 벌어질 거라고 기대하는 듯한 분위기.

"어이, 얘들아." 나는 아무렇지 않은 듯 말했다. "뭐 하냐?"

모건이 주머니에 손을 넣더니 구겨진 종잇조각을 꺼냈다. 나는 안 보고도 그 종이비행기란 걸 알았다.

몇 초쯤 나는 그게 뭔지 모른 척했다. 하지만 모건은 내가 진짜 몰랐더라도 죄책감을 느낄 만한 얼굴을 하고 있었다. 엄청나게는 아니지만 좀 많이 화가 나 보였다. 하지만 또 한편으로는 상당히 침착해 보였다. 말하자면 거의 진정됐지만 화가 약간 덜 풀린 상태라고나 할까? 모건의 눈을 보니 모건이 이미 결심을 했다는 걸 알 수 있었다. 그리고 그 결심이 별로 좋은 게 아니라는 것도.

그래도 나는 계속 무슨 일인지 모르는 것처럼 굴었다.

"그게 뭔데?"

"새꺄, 넌 죽었어."

모건의 대답에 나머지 애들이 감탄사를 뱉었다.

"오예!"

"앗싸!"

"좋았어!"

나는 순진함을 가장하며 물었다.

"지금 무슨 얘기 하는 건데?"

모건이 종잇조각을 펼치고는 내 쪽으로 걸어왔다. 나는 자전거에서 내리지 않은 채 핸들을 잡고 있었다. 모건이 종이를 내 얼굴에 들이밀었다.

"네가 쓴 게 아니라고 잡아뗄 생각 마."

나는 웃으려고 노력했다.

"내가 쓴 거 아니―"

"이 새끼, 이젠 거짓말까지 하네."

절레절레 흔드는 모건의 얼굴이 벌게지기 시작했다.

순간 나는 자전거를 천천히 뒤로 밀면서, 무사히 달아나려면 모건한테서 얼마나 멀리 떨어져야 할까 생각했다.

"내가 멍청하다고 생각했으면, 나한테 직접 말했어야지, 새꺄."

모건의 얼굴이 점점 더 벌게졌다.

"아냐. 네가 멍청하다고 생각한 적 없어."

노력은 하지만 나는 거짓말을 잘 못한다. 그러니 진심으로는 모건이 멍청하다고 생각했을 거다. 어쨌든 거기서 빠져나와야 할 때였다. 그래서 나는 최대한 빨리 자전거를 타고 달리기 시작했다.

모건이 여전히 종이를 들고 고함을 질렀다.

"꺼져 샘, 튀어도 돼. 괜찮아. 왜냐면 내일 점심시간에 엉덩이를 완전 작살내줄 테니까. 두고 봐!"

쪽지 따위는 절대로, 죽어도 쓰면 안 되는 이유가 바로 이거다.

"샘?" 랜던 선생님이 문을 부드럽게 두드리고 있었다. "샘, 거기 있니?"

나는 없는 척했다. 어딘가 다른 곳, 그러니까, 잘은 몰라도, 오스트레일리아 같은 곳에 있었으면 싶었다.

"샘, 거기 있는 거 다 안다. 물 흐르는 소리가 들려. 교장선생님이 기다리고 계셔."

그래서 포기했다. 나는 늘 포기하니까.

12:28

랜던 선생님은 거짓말을 했다!

랜던 선생님은 분명히(그것도 두 번씩이나!) 이렇게 말했다. "교장 선생님이 기다리고 계셔."

랜던 선생님은 분명히 이렇게 말하지 않았다. "교장선생님이 기다리고 계셔. 모건 스틸츠와 크리스 태글리도 교장실에 같이 있을 거야."

남들은 상관없겠지만 나한테 이 두 발언은 엄청나게 다르다. 이 특별한 네 사람이 함께 모이는 줄 알았더라면 나는 당장 가까운 화장실로 뛰어들어가 쓰레기통 속에라도 숨었을 거다. 그리고 비닐 가방에 든 옷을 쥐어짜서 나오는 영양분으로 살아남을 방법을 궁리하고 있었을 거다. 하지만 나는 체육복을 입고 서서 체육복을 입은 모건과 크리스를 봤고, 모건과 크리스가 나를 쳐다보는 것을 봤고, 내가 앉을 자리는 어디 있는지 찾아봤다.

크리스는 언제나처럼 비열한 표정으로 이 상황을 즐기고 있는 것같이 보였지만 모건의 표정은 읽어내기가 어려웠다. 모건이 크리스보다 감정을 훨씬 더 잘 숨기기 때문이다. 모건은 입을 앙다물고 눈을 내리깔고 있었는데 눈동자가 이리저리 흔들리고 있었다. 굳이 짐작해보자면 모건은 (나한테) 몹시 화가 났고, (교장선생님한테) 겁을 먹고 있으며, (화가 난 동시에 겁을 먹은 자신에게) 당황한 것 같았다.

"안녕, 샘."

교장선생님의 낮고 굵은 목소리가 들려왔다. 교장선생님에게 특별한 점이 있다면 남북전쟁을 다룬 영화에서나 볼 수 있을 법한 초대형 구레나룻을 기르고 있다는 거다. 교장선생님은 학교에 말을 타고 오는 게 아닐까 궁금해진다.

"안녕하세요, 교장선생님."

제발 저한테 의자 하나 주세요. 아니면, 이게 더 낫겠네요. 제발 저한테 가서 의자 하나 가지고 오라고 해주세요. 그동안 제가 마음을 좀 가라앉히든가, 이게 더 가능성이 높지만, 캐나다 국경으로 곧장 달아나게요. 제발, 제발, 제발요.

교장선생님이 방을 천천히 둘러봤다. 사람 수 빼기 의자 수 계산을 해보는 것 같았다.

그들은 수염으로 말한다!
'깔끔한 면도를 반대하는'
와그너 중학교 올스타!

그릭스 선생님
'죽은 애벌레'

모어헤드 선생님
'숲 속의 얼굴'

벤슨 교장선생님
'양갈빗살'

도널리 선생님
'나머지는 어디로 간 걸까?'

"샘, 좀 서 있어도 괜찮겠니? 의자가 모자라는 것 같구나."

"네, 괜찮아요."

서 있는 게 내 몸에 득이 좀 되겠지. 내 키 높이로 앉아 있는 모건은 그럴 필요 없겠지만. 말할 것도 없이 체육복을 입은 모건과 나의 모습은 천지 차이였다. 모건은 체육복 카탈로그에 모델로 나서도 손색이 없어 보였다.

크리스가 킬킬거렸는지, 킬킬거렸다고 내가 상상한 건지, 잘은 모르겠다.

교장선생님이 커다란 책상 위에 손을 얹더니 있는 힘껏 깍지를 꼈다. '지금 너희들한테 하는 이야기는 아주 중요한 거야'라는 의도를 담은 것 같았다.

교장선생님이 목청을 가다듬었다.

"내 뒤쪽 벽에 붙은 게 뭔지 누가 말해주겠니?"

"낙하산 타는 사람들 사진요?" 내가 대답했다. "사진 밑에 '팀워크'라고 적혀 있는데요."

"그래, 그렇구나." 교장선생님이 돌아보더니 다시 물었다. "그 옆에 있는 거 말이다. 뭐가 보이지?"

"바이킹 코드입니다." 모건이 조용히 말했다.

"맞았다, 모건." 교장선생님이 고개를 끄덕였다. "바이킹 코드다. 그런데 바이킹 코드가 뭐지?"

크리스가 뭔가 이상한 소리를 내는 것 같더니 신기하게도 뚝 그쳤다.

모건이 대답했다. "그건 바이킹(Viking)의 철자로 시작되는 단어들의 목록입니다."

"그렇지, 맞아." 교장선생님이 말했다. "사실이지. 하지만 그건 코드의 형식일 뿐이야. 겉으로 드러난 윤곽."

교장선생님이 말을 멈추더니 우리를 한 사람씩 쳐다봤다.

"그게 내용은 아니지. 그럼 바이킹 코드의 내용은 뭘까?"

어색한 침묵이 길게 이어졌고 결국 내가 나섰다.

"그 단어들을 말해보라는 뜻인가요?"

"그렇다. (길고 극적인 한숨을 쉬고) 샘, 네가 말해주겠니?"

"네, 그러니까, 미덕(Virtue)—"

"그래, 미덕. V는 그리 많이 쓰이는 철자는 아니지만 V로 시작되는 단어 중에 좋은 단어들이 얼마나 많은지 알면 놀라게 될 거다. 용기(Valor), 활력(Vigor), 승리(Victory). 난 처음에 승리를 지지했는데 하트 교감선생님이 나를 설득했지."

교장선생님이 잠시 빙그레 웃더니 말을 이었다.

"난 지금도 승리가 더 좋았을 거라고 생각하지만 말이야."

그러고는 손을 뺨에 갖다 대고 말했다.

"다음은 뭐더라?"

"진실성(Integrity)." 이번에도 내가 대답했다.

"그래, 맞다. 진실성. 그날 저녁에 가장 쉽게 결정된 단어다. 모두들 진실성이 뽑히리란 걸 즉시 알아차렸지. 다음은?"

"지식(Knowledge)."

"정확해. 하지만 이 대목에서 난 이의를 제기할 수밖에 없었다." 교장선생님이 모건을 가리켰다. "처음 두 단어는 분명히 와그너 중학교 학생들이 이곳에서 지니기를 바라는 자질을 나타내고 있지. 미덕을 지닌 바이킹." 교장선생님은 강조하려는 듯 주먹을 쥐었다. "진실성을 지닌 바이킹. 하지만 지식을 지닌 바이킹이라? 이건 좀 아니라고 생각했지. 그런데 존경하는 학부모회 캐롤린 브루어 회장님이 이렇게 말하더구나. '오티스, 바이킹 코드는 우리 학생들이 추구해야 할 가치가 아닐까요? 미덕과 진실성, 그리고 지식을 추구하는 바이킹.' 학교운영위원회에 캐롤린 같은 사람이 있는 게 다행이야. 다행이고말고. 계속해볼까?"

"지능(Intelligence)." 모건이 읽었다.

"그래, 맞다. 지능. 첫 번째 I 때는 만장일치로 진실성을 쉽게 정했는데 이 두 번째 I는 쉽지가 않았다. 많은 학부모들이 청렴(Incorruptibility)을 지지했고 선생님들은 탐구심(Inquisitiveness)을 밀었지. 하지만 내가 지능을 강력하게 주장했다. 뭐라고 해야 하나, 지능의 가치를 이해시켰다고나 할까?"

교장선생님이 싱긋 웃길래 나도 웃으려고 했지만 잘 안 됐다.

"샘, 나머지도 말해주겠니?"

"네. 포기 금지(Never give up), 그리고 위대함(Greatness)."

교장선생님이 또 싱긋 웃었다.

샘 루이스의 바이킹 코드

VERY (정말) 멍청한 학교

INCREDIBLE (믿을 수 없는 건) 여기서
뭔가 배울 거라는 기대다.

KIDS (애들은) 철자법조차 모른다.
(게다가 비열하기까지)

I (나는) 다른 학교에 가고 싶다.

NO (아니), 정말로 농담이 아니다.

GET (데려가), 나를 여기서 꺼내줘.

↗
실제 바이킹 코드는 폭력과
약탈을 부추기는 거였다.

120

"너희들도 지금 'N으로 시작하는 거라면 '포기 금지' 말고도 더 좋은 단어들이 많을 텐데.'라고 생각하겠지. 하지만 도서관에 있는 사전을 열심히 뒤진 끝에 찾아낸 단어가 고작 친절함(Niceness)이었다는 걸 알면 놀랄 거다. 너무 힘들어서 정말로 그만두고 싶었지만 우린 계속 고민했고 결국 이 단어들로 정할 수밖에 없었지."

어색한 침묵이 잠시 흘렀다.

"그러니까, 애들아."

교장선생님이 다시 깍지를 끼고 '나는 정말 지혜로운 사람이다' 분위기로 자세를 잡았다.

"바이킹 코드가 무엇인가에 대한 답은 그 단어들이다. 하지만 바이킹 코드가 왜 있어야 하는지를 누가 설명해줄 수 있겠나?"

나는 잠시 모건을 돌아봤다. 모건이 내 시선을 느끼고 재빨리 고개를 끄덕였다. 나더러 빨리 대답해서 끝내라는 것 같았다.

"그건 우리가 어떻게 행동해야 하는지를 가르쳐주기 위해 필요합니다." 내가 말했다.

"정확히 말했다!"

교장선생님이 만족스럽다는 듯 크게 미소를 지었다. 지난 3분 동안 대화를 나눈 이유가 바로 이것 때문이라는 듯이.

"누가 바이킹이지? 바이킹이 되려면 어떻게 해야 하지? 미덕. 진실성. 지식. 지능. 포기 금지. 위대함."

교장선생님의 얼굴이 잠시 무표정해졌다.

"그런데 우리가 얻은 게 겨우 '포기 금지'밖에 없다는 걸 믿을 수가 없구나."

그러더니 벌떡 일어나 책상 뒤를 왔다 갔다 하기 시작했다.

"자, 이제 한 번 물어보자. 잠시 전 구내식당에서 일어난 행동은 바이킹 코드에 부합하는가?"

"아뇨."

우리는 한목소리로 대답했다. 아니, 적어도 모건과 나는 함께 대답했다.

"아니지. 그럼, 아니고말고. 절대로 아니지. 애플소스를 던지는 행동에는 진실성이 없다. 또래 바이킹에게 감자칩을 던지는 행동에 위대함은 없다. 그리고 튼튼한 강화 플라스틱 샐러드 그릇으로 또래 바이킹을 쓰러뜨리는 것은 지능을 지닌 행동이 결코, 절대로 아니다. 고맙게도 그릭스 선생님이 앞장서서 그 악랄한 행동의 앞뒤 정황을 조사하고 사건의 전모를 밝혀냈다. 목격자 세 명의 증언에 따르면 이 두 친구 중 하나가,"

교장선생님이 책상 너머로 모건과 크리스를 가리키며 비난하는 눈길로 노려봤다.

"너의 부상에 책임이 있다고 하는구나, 샘."

여전히 팔을 뻗은 채로 교장선생님이 나를 봤다.

"그런데 불행히도 아직 아무도 잘못을 인정하지 않는구나. 우린 네가 의식을 회복해서 범인을 밝혀줄 수 있기를 기대하며 기다리고 있었다. 네가 가리키는 사람은, 누구라도 (다시 모건과 크리스를 보며) 바이킹 코드를 고의로 어긴 대가를 반드시 치르게 될 거다. 그것도 아주 무겁고 엄하게."

교장선생님이 말을 멈추고 팔짱을 꼈다.

나는 긴장감으로 죽을 것만 같았다. 의자에 앉아 있다면 견디기가 좀 쉬울 텐데.

"와그너 중학교에서 퇴학당하고 경찰 조사도 받게 될 거다."

교장선생님이 뒤로 기대앉더니 다시 깍지를 끼고 내가 범인을 지목해주기를 기다렸다.

나는 모건과 크리스를 쳐다봤다. 이제 둘의 운명은 땀으로 축축한 내 손바닥 위에 놓여 있었다. 크리스는 씩씩대며 눈을 굴렸는데 안색이 평소보다 더 퍼레 보였다. 하마터면 크리스를 동정할 뻔했다. 하마터면.

모건의 표정은 그래도 좀 상식적이었다. 입은 굳게 다물었고 크게 뜬 눈에는 수치와 후회가 어려 있었다. 그리고 어쩌면 약간의 죄책감도. 아니면 제법 큰 죄책감일까.

12:33

좋다, 아마 이쯤에서 모건과 내가 2학년 시작 무렵에도 진짜로 친구였나 의심하는 사람이 있을 거다. 물론, 초등학교 1학년 때는 킥볼, 이건 여러분도 알 거다. 2학년 때는 바닷가의 모래성과 슬러시. 3학년 때는 레고 블록과 스케이트보드. 4학년 때는 모건네 가족과 시카고로 여행을 갔었다. 5학년 때는 스펀지밥과 밤샘 파티. 근사했다.

여러분은 이렇게 말할 거다. 하지만 중학교 때는? 중학생이 돼서는 무슨 공감대가 있었는데? 전혀 없잖아. 모건은 인기가 많고 넌 아니잖아. 모건은 공부에 별로 신경 안 쓰지만 넌 서점에서 살잖아. 모건은 시더 포인트에서 밀레니엄 포스 롤러코스터도 탈 만큼 크지만 넌 식당에서 보조의자가 멋지고 유용하다고 생각하는 그런 덩치잖아. 아마 중학교 1학년 때까지는 그래도 친구 비슷했겠지. 아마 작년 모건의 생일 파티 초대목록 맨 밑에 네 이름이 있었을 거야.(누군가 다른 애가 못 오게 됐는데 볼링을 하려면 최소한 열 명을 맞춰야 했을 테니까.) 아마 올해 모건네 집에서 과학 모둠 과제를 한 게 함께 보낸 마지막 일요일 오후일걸. 아마 최근에는 그 정도 친구로 지냈겠지. 하지만 '베프'라고? *이봐, 샘 루이스, 무슨 헛소리야?*

그런데, 의심하는 여러분 모두에게, 짧고 간단하며 어마어마한 답을 주겠다.

에일리언 워즈.

작년 2월, 어느 토요일 아침이었다. 엄마는 하루 종일 스튜디오에 있을 예정이었다. 모건은 우리 집에서 주말을 보내고 있었다. 부모님이 대학에 다니는 형을 보러 보스턴에 갔기 때문이다. 전날 밤에 우리는 볼링을 하거나 영화를 보거나 쇼핑몰에 가기로 했다. 그런데 아침에 아빠가 방으로 들어오더니 여전히 비몽사몽인 우리한테 말했다.

"어이, 얘들아, 지금 밖이 얼마나 추운지 모르지? 기온이 몇 도나 될 것 같냐?"

나는 여기저기 둘러보면 기온을 맞힐 수나 있을 것처럼 블라인드 사이로 창밖을 내다봤다. 그때 모건이 대답했다.

"글쎄요, 5도?"

"에일리언 워즈에서 가지고 놀 친구들"

알파 퓨전 블래스터

좋아하는 것에 겨누지 말 것

따융
따융
따융!

감마 유탄발사기

군중을 통제하는 비밀 병기

베타 퓨전 블래스터

한 방이면 끝!

델타 에어 톱

가끔 적들을 두 동강내고 싶을 때가 있으니까

*주의: 톱날이 날카로움

오메가 스마트폭탄

화면에 뜨자마자 펑!

"5도면 훈훈한 거지. 5도면 바닷가에 놀러 가도 될 날씨게."

"영하 5도." 내가 대답했다.

"좀 가까워졌는데. 영하 14도라니 믿어지냐? 바람도 안 부는데.

126

그래서, 음, 미안하지만 얘들아, 오늘은 집 안에서 보낼 계획을 세워야겠구나. 아무 데도 갈 수가 없어. 난 마감 시한이 임박한 중요한 일도 있고."

그러고는 아빠는 돌아서서 방을 나갔다.

우리는 잠시 서로 쳐다봤다.

"어이 샘, 네가 팬티만 입고 밖에 나가면 내가 5달러 줄게." 모건이 말했다.

"네가 내 팬티 입고 나갔다 오면 10달러 주지." 나는 씨익 웃었다.

"더럽게! 헛소리는." 모건이 일어나 내 발을 잡고 침대 밖으로 끌어당겼다. "오늘 종일 뭐 하냐?"

나는 잠시 생각해보고 고개를 끄덕였다.

"에일리언 워즈!"

이 특별한 2월의 토요일을 내 인생 '최고의 날'로 기억한다. '최고의 날'에 모건과 나는 에일리언 워즈 게임 역사상 최고의 팀이 되었다.

모건은 비코 파즈, 나는 케디 발라간이 되었다. 우리의 게임 기술, 즉 배경과 무기류(스마트폭탄의 타이밍은 말할 것도 없고)에 대한 나의 지식, 모건의 손가락 힘, 눈과 손의 협응력, 적에게 소리 지를 때면 나오는 끝내주게 풍부한(여기에 옮기긴 민망한) 어휘력은 우리를 완벽한 팀으로 만들었다.

나는 길 찾기와 지원을 맡았고, 모건은 우리를 방해하는 놈들을 죽이는 데 에너지를 집중했다.

정확히 토요일 오후 7시 30분에(그렇다, 우리는 9시간 동안 게임을 했다. 나중에 확인해본 결과 정확히 9시간, 피자 3판, 치토스 2봉지, 탄산음료 4리터가 소비되었다) 비코 파즈와 케디 발라간은 사막 행성인 풀자르에서 최후의 전투를 맞았다.

"무기를 준비해, 비코. 이제 시작이다!" 내가 말했다.

"천국에서 보자, 케디!" 모건이 대답했다.

배경음악의 드럼 소리가 미친 듯이 울렸고 급기야 아빠가 무슨 소리인가 보러 왔다. 아빠는 크리스마스 때 산 초대형 TV 화면 맞은편에 서서 우리를 지켜봤다. 엄지손가락이 떨어져나갈 것 같았지만 어쨌든 우리는 없애야 할 최후의 녀석까지 해치웠다.

그러자 모든 게 정말로, 진짜로 조용해졌다.

갑자기 모함이 나타나서 우리를 환하게 비췄다.

화면이 검게 변했고 우리는 그저 침묵 속에 함께 앉아 있었다.

모건이 말했다. "와우."

나도 말했다. "와우."

모건이 다시 말했다. "와우!"

나는 벌떡 일어나 소리 질렀다. "예스!!!"

우리는 하이파이브 역사상 최고의 하이파이브를 나누고 방을 뛰어다녔다. 그러면서 한참 동안 축하의 비명을 내질렀다.

"예-에-에-에-에-스ㅇㅇㅇㅇㅇ!!!!"

그 순간, 나는 1학년 때 치른 PSAT*에서 97점을 받았을 때 느꼈던 것과 같은 기분을 느꼈다. 이 '최고의 날'에 내가 우주의 왕이 된 것 같았다. 정말 그랬다. 사실은 PSAT를 정복한 뒤보다 '최고의 날'이 훨씬 더 기분 좋았다. 나는 두 왕 중에 하나(다른 왕이 없으면 존재할 수 없는)가 된 것 같았다.

'최고의 날'에 우리는 완벽한 팀이었다. 아무도 우리를 괴롭힐 수 없었고, 아무도 우리를 갈라놓을 수 없었다. 우리는 각자가 할 수 없는 것에는 눈곱만큼도 신경 쓰지 않았다. 모건은 우리가 은하계 어디쯤에 있는지 정확히 몰랐지만 신경 쓰지 않았다. 내가 알고 있다는 걸 알기 때문이었다. 그리고 나는 Y 버튼 대신에 X 버튼을 누르는 짜증스러운 습관이 거슬리지 않았다. 모건이 내 실수를 정리해주리라는 걸 알기 때문이었다. 우리는 함께 싸웠고, 함께 이겼다.

하지만 그 이후 우리는 더 이상 함께 싸우지 못했다.

내 탓이라고 하지 않았으면 좋겠다. 1학년 때 PSAT에서 97점을 받은 건 대단한 일이다. 그건 1학년 100명 중 97명보다 내가 더 똑똑하다는 의미이기 때문이다. 지금 여러분은 내가 또 뻐긴다고 생각할지도 모르겠다. 그래, 좋다. 정확히 말하자면 나는 똑똑하

● 미국 학생들이 SAT에 대비하기 위해 치르는 예비 대학수학능력평가

고 안 똑똑하고를 말하려는 게 아니다. 이 문제를 정말 많이 생각해봤기 때문이다. 내 말은, 아무도 기하학을 아는 채로 태어나지는 않는다는 거다. 그래, 나는 수학을 좋아한다. 인정한다. 나, 샘 루이스는 수학을 좋아한다. 젠장, 나는 수학을 사랑한다. 숫자와 규칙과 방정식을 사랑한다. 하지만 정말로 아무에게도 말할 수 없는 한 가지가 더 있다. 이 멍청한 학교에서는 모두들 나를 멍청한 패배자나 우쭐대는 괴짜나 운 좋은 괴물쯤으로 생각한다는 거다.

내가 PSAT에 대해 말할 수 있는 유일한 사람(글래스너 선생님과 수학클럽 괴짜들을 빼면)은 부모님이지만, 부모님은 그걸 그리 대단하게 여기지 않는다. 우리 부모님의 웃기는 문제점은 나에 대해 정말로 알아야 할 것이 점수와 진급밖에 없다고 생각한다는 거다. 몇 달 전에 성적표를 받았을 때처럼 말이다. 우리는 항상 오후 수업이 없는 금요일에 성적표를 받는다. 그날 나는 모건과 크리스, 브랜든이 나를 빼고 쇼핑몰에 간 걸 알았다. 그래서 멍청한 성적표를 들고 곧장 집으로 올 수밖에 없었다. 그런데도 부모님은 성적표를 보더니 줄곧 완벽하다고만 말했다. 뭔가 잘못됐다고는 상상도 못 했다. 성적 말고 다른 게 문제가 될 수 있다고는 꿈도 못 꾸기 때문이다. 올 A면 그냥 완벽하다는 듯. 하지만 줄곧 올 A를 받는, 친구도 없는 난쟁이가 뭐가 완벽하단 말인가?

반면에 모건은 나의 진급도, 점수도 전혀 신경 쓰지 않는다. 최근에 내가 테스트를 받을 때마다 모건은 그저 이런 표정으로 나를 봤다. 입을 반쯤 말아 올리고 눈을 평소보다 약간 크게 뜨고서 토할 것 같다는 듯이. 내가 역겹다는 듯이.

이런 표정은 에일리언 워즈에서 승리한 뒤 나를 볼 때의 표정과는 정반대다. 나는 안다, 저절로 안다, 그때 모건도 정확히 나와 같은 기분이었다는 걸. 왜냐하면 그때 비코는 9시간 동안 적어도 15분에 한 번씩 "케디, 네가 없으면 어떡하냐?"라고 말했기 때문이다. 모건은 진심이었다, 적어도 조금은.

그러니까 모건은 샐러드 그릇을 던졌을 수도, 안 던졌을 수도 있다. 나도 모르겠다. 내가 아는 건 모건이 퇴학을 당하면 우리에게 '최고의 날 2'는 오지 않는다는 거다.

여기 교장실에서 내 말 한 마디에 퇴학이 달려 있다는 걸 아는 채로, 나는 모건을 보고 모건은 나를 보고 있다. 모건이 아무 말 없이 나한테 사과하려고 애쓰는 걸 나는 분명히 봤다. Z 선생님의 말마따나 모건은 사실 괜찮은 애다. 어쩌면 모건은 우리가 예전으로 돌아가 다시 친구가 돼서 함께 비디오게임을 하기를 바라는지도 모른다. 어쩌면 모건도 '최고의 날'이 우리의 차이점을 중요하게 만들지 않는다는 걸 알고 있을지도 모른다. 그리고 어쩌면 모건도 '최고의 날 2'가 올 거라고 믿고 있을지도 모른다. 하지만 모건의 이름이 소년원에 올라가면 이 모두가 물거품이 되고 만다.

크리스로 말하자면, 나는 크리스가 이 학교에서, 그리고 내 인생에서 사라져주기를 간절히 바란다. 하지만 나는 이 녀석을 믿을 수가 없다. 크리스가 소년원에서 복역하는 내내, 자기를 거기 보낸 대가로 가장 먼저 복수할 상대로 나를 떠올리게 만들고 싶지는 않다. 나는 겁쟁이일지도 모르겠다.(그래, 나는 겁쟁이다. 확실히 겁쟁이다.) 하지만 나는 멍청한 겁쟁이는 아니다.

게다가 솔직히, 나는 진짜로 누가 그걸 던졌는지 모른다.

"교장선생님."

나는 바닥을 노려봤다.

"그래, 샘."

나는 어깨를 으쓱하고 모건을 똑바로 보면서 웃고 싶은 마음을 억눌렀다.

"저는 누가 던졌는지 못 봤어요. 너무 많은 것들이 날아다니고 있었거든요."

모건이 고개를 쑥 내밀었다. 마치 자기가 들은 걸 믿을 수 없다는 듯이.

"확실해?"

"네."

교장선생님이 책상에 몸을 기대며 모건과 크리스를 봤다.

"정말로 확실해?"

"네." 나는 고개를 끄덕였다. "확실합니다."

"잘 알겠다." 교장선생님이 말했다. "도와줘서 고맙다, 샘. 넌 다음 수업에 들어가도 좋다. 곧 6교시가 시작되니까. 모건하고 크리스는 여기 남아라. 아직 할 일이 끝나지 않았으니."

12:39

"어이, 샘!"

데이브 베네딕츠가 소리치며 내 쪽으로 왔다.

"샘이 여깄어!"

에밀리 갈로키가 고함을 지르고 나한테 달려오기 시작했다.

"샘! 얘들아, 샘이다!"

캔디스 곤잘레스가 외치더니 모두들 따라오라는 듯 팔을 흔들며 뛰어왔다.

나는 사물함과 현관 사이의 중앙 복도에 서 있었는데, 모든 방향에서 떠들썩한 소리와 함께 바이킹들이 몰려들었다. 사물함 사이사이에서, 과학실 복도에서, 체육관에서, 구내식당에서. 눈을 두는 곳마다 체육복을 입은 바이킹들이 보였다. 바이킹들은 내가 전쟁터에서 막 풀려난 포로나 되는 듯이 믿을 수 없다는 얼굴로 나를 봤다. 나를 둘러싼 노랑과 파랑으로 된 울타리에서 질문이 쏟아지기 시작했다.

맥스 노이만: "너 병원에 간 거 아니었냐?"

트레이시 블로커: "그 피투성이를 어떻게 이렇게 빨리 씻어냈어?"

체이스 애벗: "걔들 쫓아낸 거야?"

비제이 리디: "너 머리가 왜 멀쩡하냐?"

비제이는 실망한 것 같았다. 그래서 나는 비제이를 '모건을 대신해 베프가 될 사람' 후보에서 실격시켜버렸다. 처음부터도 별로 자격이 없었지만.

나는 모두에게 대답하려고 했지만 다들 입을 다물지 않았다. 어떤 애들이 더 가까이 오려고 밀치자, 다른 애들이 팔을 뻗어 더 가까이 다가오지 못하게 막았다. 바로 그 순간, 갑자기 깨달음이 왔다.

내가 유명인이 된 거다!

머지않아 엉덩이가 작살나게 될 뿐만 아니라, 푸드파이트에서 기절했을 뿐만 아니라, 뺑쟁이들의 소문을 믿자면 혼수상태에 빠졌을 뿐만 아니라, 와그너 중학교의 출입제한구역에서 혼자 멀쩡히 걸어 나왔을 뿐만 아니라, 크리스와 모건의 운명에 대해 쓸 만한 정보를 가졌을지도 모를 뿐만 아니라, 내가, 바로 내가 크리스와 모건의 운명을 결정지을 수도 있기 때문이다.

와그너 중학교 생활 지침서, 47쪽:

애가 여러분일 수도 있다!

"30초 안에 아이들로 울타리를 만드는 법"

1단계: 쉬는 시간이 될 때까지 기다릴 것.

2단계: 중앙 복도 중 한 군데로 들어갈 것.

3단계:

크게 비명을 지를 것.
마치 끔찍하게 아픈 것처럼
아니면 싸움을 시작할 것처럼
아니면 열 받은 선생님을 자극해서
고래고래 소리 지르게 만들거나
아니면 모두들 네가 영원히
사라져버렸다고 생각할 때
갑자기 나타나거나
토하거나 미끄러져 자빠지거나
아니면 허리를 구부려 바지가
찢어지게 할 것.

1) 토하고 그 위에 미끄러져 자빠
지면 초대형 울타리가 된다.

2) 속옷을 노출시키면 구토물 위에
미끄러져 자빠지는 것보다 훨씬
더 큰 울타리가 된다.

4단계: 열까지 셀 것. 그리고 즐겨라!

＊주의: 다음 수업에 늦지 않는 게 중요하다면 울타리를 만들지 말 것.

"입 좀 다물어봐! 샘 말 좀 듣게!"

풋볼팀의 주장이자 학생자치위원회장인 제스 밀러가 소리쳤다. 제스는 학교에서 가장 인기 있는 애가 앉는 자리를 모건을 위해 맡아놓는 녀석이기도 하다.

와그너 중학교 전체에 감시 카메라를 설치하려던 교장선생님의 노력이 실패한 게 너무 안타까웠다. 카메라가 있어서 내가 수많은 학생들에게 둘러싸인 이 멋진 모습이 녹화된다면 얼마나 좋을까! 그렇다면 오늘 수업이 끝난 뒤에(그때까지 내가 살아 있다면) 복사본을 얻어내기 위해 위험천만하고 천재적인 도둑질을 시도할 텐데.

엄청나게 멋있지만 무섭기도 한 3학년들, 그러니까 브렛 커즌스, 스투 저베이셔스, 제니 킴멜(그렇다, 여자들도 무서울 수 있다) 같은 애들이 내가 말하기를 기다리며 나한테 다가오려고 애쓰고 있었다. 왜냐하면 걔들이 모르는 뭔가를 나는 알고 있기 때문이다.

이제 나는 어떤 애들이 나쁜 일을 저지르는 진짜 이유를 이해하게 되었다. 이런 주목을 자주 받기 위해서라면 나라도 기꺼이 월요일마다 싸움질을 할 거다.(단, 모건보다는 훨씬 작은 녀석을 상대로.)

나는 손을 들어 애들을 진정시키려고 했지만 사실은 소란이 거슬리지 않았다. 애들한테 무슨 말을 해야 할지 알 수 없었다. 난 괜찮아. 그다음엔? 내가 모건을 봐주면 모건이 계속 날 좋아할 거라고 생각했어. 그리고 크리스는 너무 무서워서 곤란한 상황에

빠뜨릴 수가 없었어. 이건 내가 새롭게 얻은 멋진 이미지를 유지할 만한 근사한 대답이 못될 거다.

대신 나는 그냥 이렇게 말했다.

"잠깐만, 잠깐만-"

하지만 '잠깐만'이 끝나기도 전에 뒤쪽에서 더 시끄러운 소리가 들렸다. 돌아보니 나를 둘러싼 울타리의 반 정도가 방금 내가 나온 쪽으로 달려가는 게 보였다. 뒤이어 내 멋진 울타리의 나머지 반도 영문도 모르면서 날듯이 나를 지나쳐 달리기 시작했다.

그럴 생각은 없었는데 나도 아이들을 따라 달렸다. 복도 반대편에 새로 생긴 울타리의 가장자리에서는 아무것도 보이지 않았다. 달리다가 걷다가 그냥 멈춰 서려는데 낯익은 목소리가 들려왔다.

"샘, 잠깐만."

에이미였다. 나를 둘러싼 울타리 가장자리에 끼어 서 있었던 모양이다. 에이미도 체육복 차림이었는데 XS 사이즈 티셔츠도 너무 큰지 티셔츠 아래로 파란 반바지가 살짝 보일 뿐이었다.

"어, 에이미."

나는 아무렇지도 않은 척 고개를 살짝 끄덕였다.

"너 괜찮니?"

에이미는 눈으로 부상의 흔적을 찾고 있었다.

"그래, 괜찮아. 머리에 작은 혹이 생긴 정도야."

나는 아까의 인기를 아쉬워하며 새로운 소란의 진원지에 귀를 기울였다.

"어디?"

나는 대답을 기다리고 있는 에이미를 바라봤다.

"금방 말했잖아, 머리라고."

"아유, 답답하긴." 에이미가 눈을 굴렸다. "머리 어디냐고!"

"아!"

나는 머리를 약간 숙이고 손가락으로 조심조심 혹을 만졌다.

그때 내 것이 아닌 다른 손가락의 감촉이 느껴졌다. 눈을 드니 에이미의 가느다란 팔이 보였다.

"오 마이 갓, 샘." 에이미가 섬뜩한 듯 말했다. "엄청나게 크잖아."

"알아."

그러고 나서 나는 아무 말도 못 했다. 갑자기 말을 할 수가 없었다.

"안 아파?" 손을 내 머리 위에 둔 채로 에이미가 물었다.

머리만 빼고 내 몸 전체가 녹아내리는 것 같았다.

10초쯤 지났을까, 나는 어쨌든 겨우 말을 할 수 있었다.

"아니, 많이는 안 아파."

진짜로 괜찮은 척, 아주 천천히 말했다.

"많이 안 아프다고?!"

에이미는 내 말을 믿지 않았다.

"아파 죽겠어." 나는 킥킥 웃었다.

"미안해, 샘." 에이미는 진심이었다. "정말 미안해."

그리고 둘 다 아무 말도 하지 않았다. 복도 반대쪽에서 엄청나게 시끄러운 소리가 들리는데도 나는 우리 둘의 침묵을 더 크고 분명하게 느낄 수 있었다. 에이미의 손이 여전히 내 머리 위에 놓여 있었기 때문이다. 에이미의 자그마한 손가락에 혹이 눌려 아프면서도 좋았다. 아픈 느낌보다 좋은 느낌이 더 컸다. 그릇 두 개에 맞지 않은 게 너무 안타까웠다. 에이미는 손이 두 개니까 말이다.

바닥이 흔들리는 느낌에 돌아보니 로지어 선생님과 루약 선생님, 우리 학교에서 가장 거구인 선생님 두 분이 분노에 차서 우리 쪽으로 오고 있었다.

"떨어져!" 로지어 선생님이 소리쳤다.

맙소사, 공사표(공개적 사랑 표현) 단속이다. 멋지군. 나는 녹아내리는 몸을 초고속으로 굳히고 고개를 돌린 후 근처에 숨을 만한 장소가 있나 기억을 더듬기 시작했다.

"교실로 가! 당장!" 루약 선생님이 외쳤다.

내가 존재하지도 않는 것처럼 옆만 바라보던 에이미가 재빨리 팔을 옆구리에 딱 붙였다.

거구의 두 선생님은 바람처럼 우리를 스쳐 지나가 복도 끝에 새로 생긴 울타리를 향해 몸을 날렸고, 제꺼덕 흩어지지 않는 애들을 붙잡아 마구 위협했다. 아이들이 순식간에 사라져버리자 울타리 한가운데 서 있는 모건과 크리스만 보였다.

그때 수업 시작종이 울렸다.

"어," 에이미가 체육복 매무새를 만지며 여전히 나를 보지 않은 채로 말했다. "난 클라리넷 가지러 가야겠어. 밴드 연습에 늦으면 가파인 선생님이 엄청 화를 내거든."

"그래." 나는 머리카락을 다듬으며 왜 혀가 고무 깔창 같은 느낌인지 궁금했다. "나도 미술 수업 받으러 가야 돼. Z 선생님이 내 이등변삼각형을 가마에 넣기 전에 유약을 발라야 해서."

에이미가 웃으며 복도 아래쪽으로 걸어갔다. 나는 반대쪽으로 돌아섰고 로지어 선생님에게 끌려가는 모건과 크리스를 봤다. 걔들은 이번 시간이 로지어 선생님의 과학 수업이다.

모퉁이를 돌기 전에 크리스가 나를 알아봤다. 크리스가 나를 가리킨 뒤 모건을 가리켰다. 그러고는 고개를 끄덕이면서 모든 게 참 잘됐다는 듯 씨익 웃었다.

그건 잘된 게 하나도 없다는 뜻이다.

12:46

다들 흥분을 가라앉히는 데 몇 분이 걸렸다. "자, 애들아!"를 열한 번쯤 한 뒤에 드디어 Z 선생님은 우리를 주목시킬 수 있었다. 선생님은 기도하는 것처럼 손을 가슴 앞으로 모아 쥐었다.

"애들아, 이렇게 하자. 구내식당에서 뭔가 엄청난 일이 있었지. 너희들 중 누군가는 깊이 개입했을 거야. 하지만 또 누군가는 그일을 겪은 뒤에 어쩌면 치료가 좀 필요할지도 몰라. 특히 푸드파이트에서 겨우 살아남은 사람들은 말이야. 그래서 오늘은 이렇게 하려고 해. 치료를 위해 뭔가를 만들자. 아니면 그냥–"

"그러지 말고 푸드파이트를 한 번 더 하는 건 어때요?" 팀 메신브링크가 소리쳤다.

"안 돼, 팀." Z 선생님은 웃으며 한숨을 쉬었다. "미안하지만 그건 안 돼. 하지만 이건 할 수 있어. 아까 벌어진 푸드파이트나, 아니면 너희들이 해보고 싶은 푸드파이트를 그리는 건 돼. 아니면 너희들 바지에서 끝장난 음식들을 진흙이나 조각으로 비슷하게 만들어봐도 좋고."

모두들 웃었다.

"아니면 약간 추상적으로 표현해도 괜찮아. 눈을 감고 푸드파이트에 대해 생각해봐. 어떤 색이 보이니? 어떤 모양이지? 그런 걸 표현해. 알겠지? 좋아. 하나만 더. 먼저 영감을 얻기 위한 시간을 가질 거야. 오래 생각한다고 창조적 자극이 되는 건 아니니까 5분만 생각하자. 그러고 나서 작품에 대한 생각을 함께 나눌 거야."

모두들 즉시 생각에 돌입했다. 2분쯤 지났을까, 교실 구석에서 엄청나게 큰 웃음소리가 나더니 드레이크 카터가 말했다.

"Z 선생님, 저 생각났어요."

Z 선생님이 구석에 있는 커다란 서랍장 뒤에서 소리 질렀다.

"와우, 드레이크 넌 정말 영감이 넘치는 모양이구나. 영감을 좀 더 다듬을 시간이 정말로 필요 없겠니?"

"필요 없어요." 드레이크가 낄낄거리며 말했다. "전혀요."

1분 뒤 드레이크가 반쯤 구겨진 종잇조각을 들고 교실 앞에 섰다. 종이는 가운데가 누르스름하고 약간 푸른빛이 돌 뿐 대체로 하얬다. Z 선생님이 당황한 듯 종이를 보며 물었다.

"그게 그림이니, 아니면 이것저것 해본 거니?"

"이건," 억지로 웃음을 참는 듯 드레이크의 어깨가 움찔거렸다. "제가 페르난도의 코에 쑤셔 넣은 트윙키예요!"

Z 선생님이 세 번쯤 뭔가 다르게 말을 시작했다가 한 발짝 물러서며 물었다.

"그러니까, 그게 트윙키 그림이라는 거니, 아니면—"

"아뇨! 이건 그 트윙키예요! 페르난도가 여기다 코를 풀었거든요!"

교실에 있는 애들 모두가 '윽', '우웩', 아니면 '더러워' 같은 소리를 뱉었지만 그 소리에는 '드레이크 대단하다' 같은 느낌도 묻어 있었다.

그러는 동안 나는 거의 집중할 수가 없었다. 딱 한 가지밖에 생각할 수 없었기 때문이다. 모건과 크리스는 앞으로 어떻게 될까? 크리스는 뭣 때문에 웃고 있었던 걸까? 딱 한 가지가 아니네, 두 가지 생각이었군.

나는 세이지 페일리를 돌아봤다. 세이지는 앞에다 파스텔을 한 무더기 쌓아놓고 있었다.

"세이지."

작품 활동에 심취한 듯 세이지가 대답하지 않길래 다시 불렀다.

"세이지."

세이지가 놀란 듯 나를 올려다봤다. 마치 내가 지난 여덟 달 동안 미술 시간에 자기 옆에 앉아 있었다는 걸 이제야 알아차렸다는 듯이. 하지만 아무 말도 하지 않은 채 세이지는 길고 구불구불한 갈색 머리카락을 귀 뒤로 꽂아 넣었다.

"세이지, 모건하고 크리스가 어떻게 되는지 아니?"

세이지가 커다란 눈을 몇 번 깜박거렸다.

"샘."

마침내 세이지가 내 이름을 천천히 불렀다. 반은 묻는 것처럼, 반은 말하는 것처럼.

"어떻게 된대?"

세이지가 갖고 있을지도 모를 정보에 불안해하며 내가 묻자, 세이지가 자기 그림을 가리켰다.

"이거 다이어트용 글루텐 프리 파스타처럼 보이니?"

나는 돌아앉아 더그 맥더걸의 어깨를 톡톡 두드렸다. 더그는 나한테는 안 보이는 뭔가 위로 구부정하니 앉아 있었다.

"더그. 야, 더그. 더그."

더그는 주의를 끌려면 이름을 몇 번은 불러야 하는 그런 애다.

"왜?" 더그가 꼼짝도 하지 않고 대답했다.

나는 더그의 주의를 끌기 위해 고개를 탁자 위로 바짝 숙이고 물었다.

진흙 속에 묻힌 진주
←더그 맥더걸의 '예술'→

"모건하고 크리스가 어떻게 되는지 아냐?"

더그가 내 쪽으로 고개를 들며 앉자 더그 앞에 쫙 펼쳐진 스프링 공책이 환히 들어왔다. 질문에는 대답하지 않고 내 얼굴을 빤히 쳐다보는 더그의 넓적한 얼굴 위로 멍청한 웃음이 번졌다.

"오, 샘, 넌 죽었어."

"뭐라고!? 무슨 소리야!? 그게 무슨 말인데? 더그, 무슨-"

"잘했어, 얘들아. 다음은 누가 할래?"

적어도 스물네 개는 될 법한 손들이 불쑥 올라오자 Z 선생님이 흐뭇해했다. 거의 모든 애들이 손을 들었지만 나는 아니었다.

"너희들이 결정해야겠구나. 먼저 나오는 사람이 다음 순서가 되는 거야. 알겠니?"

우리는 모두 무슨 소린지 몰라서 그냥 잠시 앉아 있었다. 그러자 애니 캔터가 벌떡 일어나 교실 앞으로 걸어 나갔다. 종이 한 장을 말아 쥔 애니는 낄낄거리며 돌아보더니 자기 자리로 돌아와서는 가장, 가장, 가장 친한 친구인 미란다 월러를 끌어당겨 교실 앞으로 데려가려고 했다. 하지만 미란다는 애니한테 뭐라고 중얼거리며 자리에 앉아 있으려고 했다.

결국 애니 혼자 교실 앞에 가서 종이를 폈다. 두 개의 기다란 물감 자국이 겹쳐져 있었다. 하나는 빨강, 하나는 노랑.

"이건 케처-"

애니가 미친 듯이 웃어댔다. Z 선생님이 숨을 크게 쉬고 말하라고 했다. 애니는 크게 숨을 쉰 뒤 입을 열었다.

"이건 케첩과 머스터드소스인데요. 제가 어디에 넣었냐면-"

애니가 다시 웃음을 터뜨렸다. 애니는 진정하려고 그림으로 얼굴을 가린 뒤 깔깔 웃어대더니 숨넘어가는 소리를 냈다. 아이들의 웃음은 '애니와 같이 웃는' 것에서 '애니가 하는 짓을 비웃는' 것으로 바뀌었다.

나는 전혀 우습지 않았다.

Z 선생님이 애니한테 다가가 손을 잡고 귓속말로 뭐라고 했다.

우리는 기다렸다.

"이건 케첩과 머스터드소스인데요. 제가 어디에 넣었냐면- 제이 비셀의 속옷에 넣었어요!"

아이들이 미친 듯이 환호했다.

Z 선생님이 교실을 둘러봤다.

"샘 루이스."

"예?"

나는 손도 안 들었다!

부드러운 미소.

"네가 발표해주면 재밌을 거야."

"하지만-"

"제발, 샘. 때로는 네가 예술을 선택하지만, 때로는 예술이 너를 선택하기도 해. 얼른, 겁내지 말고 네 생각을 말해봐."

그래서 나는 공책을 집어 들고 일어섰다. 교실에 들어선 뒤로 공책을 건드리지도 않았지만 말이다.

교실이 약간 흔들리는 것 같았다. 처음엔 시계방향으로, 다음엔 반시계방향으로. 머리에 난 혹 때문인가? 아니면? 벽에 빽빽이 붙은 포스터가 안 움직일 때까지 기다렸다가 나는 교실 앞으로 천천히 걸어갔다.

노란 티셔츠와 파란 반바지로 이루어진 작은 바다를 내려다봤다. 내가 오늘 이미 겪었던 일이나 앞으로 겪을지도 모를 일을 생각해본다면 이런 상황 따위는 문제도 안 될 거라고 생각할지도 모르겠다. 하지만 내가 어땠을 것 같아? 한순간도 멍청해 보이지 않기 위해 내가 엄청난 에너지를 쓴다는 걸 깨달았을 뿐이다.

나는 목청을 가다듬고는 Z 선생님에게 물었다.

"시도 괜찮나요?"

"물론이지, 샘."

Z 선생님이 부드럽게 미소 지었다.

나는 숨을 깊이 들이쉬었다. 내 입에서 이런 시가 나왔다.

"두개골 샐러드

스파게티 태글리

별로 웃기진 않네."

그런데 아이들의 반응이 나올 겨를도 없이 갑자기 화재 경보가 울렸다.

12:54

경보 소리는 사람들을 생각하게 만드는 것 같다. 흠, 저 시끄러운 소리는 뭐지? 허, 어디 가까운 곳에서 불이 났나 보군. 불이 났다는 걸 알려주기엔 적당히 시끄럽지만, 생각을 못 하게 만들 정도로 시끄럽진 않군.

하지만 와그너 중학교의 화재 경보는 옛날 좋던 시절의 짤랑거리는 종소리가 아니다. 아니고말고. 귀가 찢어지는 듯한 고음에 극도로 시끄러운 것보다 더 시끄러운 전기 파동이다. 세 부분으로 이루어진 경보 소리(대충 이렇게 들린다. 아아아아ㅎㅎㅎㅎㅎ호-오오오오ㅎㅎㅎㅎ-이이이이이이이이이!!!!!!)가 잔인하게 울리는 동안, 내 혹 안에서 혈관이 부풀어 오르는 것 같았다. 경보 소리가 하도 커서 내가 할 수 있는 생각은 이것뿐이었다.

당장 이 소리에서 달아나야 한다.

경보 소리는 Z 선생님이 우리를 질서 있게 대피시키는 데도 전혀 도움이 안 됐다. 교실의 아이들이 복도로 쏜살같이 뛰쳐나가는 동안(우리는 이미 잘 달릴 수 있도록 체육복을 입고 있었다), Z 선생님은 머리 위로 손을 휘저으면서 (경보 소리가 귓속에서 시끄럽고 성가시게 윙윙대는 벌레나 된다는 듯이) 소리 질렀다.

"나가. 나가! 다들 나가!!"

복도로 나가니 선생님들이 마구 소리를 지르고 있었다. 그 소리는 학교에서는 절대로 뱉으면 안 되는 소리, 15세 관람가 영화에도 담을 수 없는 소리였다. 아이들은 여기저기로 뛰어다니고, 서로에게 달려들고, 벽에 부딪히고, 사물함과 충돌했다. 모두들 건물에서 나가는 방법을 잊어버린 게 확실했다.

어쨌든 정신을 차려보니 나는 아스팔트 위에 서 있었고, 우리 반 애들은 하나도 안 보였다. 불 때문에 이렇게 여기 나와서 엉덩이가 작살나지 않게 된 게 조금 다행스러웠다. 하지만 진짜로 불이 났을 가능성이 없다는 것도 알았다. 왜냐고? 진짜 학교에 진짜로 불이 났다는 말은 들어본 적이 없으니까. 우리는 그냥 1년에 몇 번 하는 우스꽝스러운 훈련을 하고 있을 뿐인 거다. 우리를 강제로 줄지어 내보낸 다음 이게 진짜 화재였다면 무질서 때문에 다 죽었을 거라고 훈계하려는 어른들의 술책인 거지.

나는 경보 소리가 그저 거슬리는 정도로 느껴질 만큼 멀찌감치 떨어져 나왔다. 그때 건물의 서쪽 끝, 주차장 곁으로 한 무더기의 바이킹들이 달려 나왔다. 나는 걔들을 따라 모퉁이를 돌았다.

오 마이 갓!!!

진짜 불이었다.

맞다, 제대로 된 불은 아니었다. 하지만 깨진 유리창에서 보라색 연기가 뿜어져 나오고 있었다. 연기는 로지어 선생님의 교실에서 나오고 있었다.

바로 모건이 수업을 하고 있는 교실.

신경질적인 사이렌 소리를 울리며 소방차 세 대가 주차장으로 들어오더니 한 무더기의 소방관들이 쏟아져 나왔다. 사이렌과 경보의 소음 속에 우리를 건물에서 떨어진 운동장으로 몰고 가려는 선생님들의 고함 소리가 들렸다.

건물 쪽을 돌아보느라 정신없었기 때문에 우리의 대피는 엉성하기 짝이 없었다. 아이들은 서로 부딪치고, 구멍에 발이 걸려 엎어지고, 구멍에 발이 걸려 엎어진 아이에 걸려 나동그라지고, 구멍에 발이 걸려 엎어진 아이에 걸려 나동그라진 아이에 걸려 거꾸러졌다. 아무도, 누구도 좋은 말이라곤 하지 않았다.

나는 무리를 훑어보며 모건과 크리스를, 특히 모건을 찾아봤다. 하지만 고작 145센티미터의 키로 넘실대는 파란색과 노란색의 물결을 정확히 살피기는 어려웠다.

펑 하고 유리 깨지는 소리가 커다랗게 들려오자 아이들은 순간 얼어붙었다. 펑, 또 한 번 펑. 펑 소리가 날 때마다 수백 명의 비명 소리도 따라왔다. 그리고 메가폰을 통해 울리는 목소리.

"선생님들! 차를 빼세요! 선생님들, 소방차가 들어올 수 있도록 차를 빼세요!"

그리하여 우리와 함께 있던 어른들 대부분이 사라졌다. 우리의 대피를 성공적으로 이끌기엔 교사 대 학생 비율이 맞지 않았다. 결국 우리는 가야 할 곳에 관심을 잃었다. 이제 제대로 화재가 될 법한 위험한 상황이 눈앞에 펼쳐져 있었기 때문이다.

나는 무리의 가장자리에 서서 로지어 선생님의 교실 창문으로 솟구치는 불길을 봤다. 같은 방향에서 몇 초마다 펑 소리가 들려 올 때마다 몸이 절로 펄쩍 뛰었다. 소방관들이 건물에 호스를 갖 다 댔지만 불길은 끄떡도 하지 않는 것 같았다. 내가 신이 났는 지, 겁을 먹었는지, 넋이 나갔는지는 잘 모르겠다. 어쩌면 그 셋 다일지도 모르겠다. 왜냐하면 내 눈엔 주위의 아이들이 죄다 맛이 간 좀비같이 보였으니까.

처음 세 대의 소방차 뒤로 두 대의 소방차와 여섯 대의 구급차 와 적어도 열 대는 되는 경찰차가 가세했다. 수많은 경광등의 번 쩍거리는 불빛을 보고 있자니 마을에 축제라도 벌어진 것 같았 다.(생각해보니 이런 축제도 나쁘지 않은 것 같다.)

여전히 미친 듯이 울리는 경보 소리와 펑 소리 사이에 갑자기 뭔가 부딪치는 둔탁한 소리가 끼어들었다. 나는 잽싸게 고개를 돌렸다. 자동차 두 대가 트렁크를 맞댄 채 샴쌍둥이처럼 붙어 있는 게 보였다.

로지어 선생님(아마 선생님들을 통틀어 가장 기분이 나쁜 사람일 텐데)이 차에서 튀어나오더니 Z 선생님에게 고래고래 소리 질렀다. 다른 차의 운전자가 바로 Z 선생님이었다.

"미카! 눈은 어디다 둔 거예요?!"

로지어 선생님이 손을 머리 위에 얹으며 거칠게 말했다.

"진정해요."

Z 선생님은 한 손을 내밀어 로지어 선생님을 진정시키는 한편 다른 한 손으로는 자신을 진정시켰다.

"날 죽일 뻔했다구요!"

"미처 못 봤어요. (로지어 선생님 차를 내려다보더니) 아, 이런. 정말 미안해요."

"미안해요? 미안하다고요?!"

이 다정한 대화가 어떻게 흘러갈지 알기도 전에 세 번째 차가, 혼자 남겨지기 싫었던지, 쌍둥이한테 합류하기로 작정한 모양이었다. 부딪히며 깨진 헤드라이트 조각들이 한풀 수그러드는 소음들 위로 흩어져 날렸다.

155

로지어 선생님이 엄청난 분노를 담아 소리 질렀다.

"이건 또 뭐야?!"

하지만 메가폰 소리가 끼어드는 바람에 세 번째 운전자의 정체 (그릭스 선생님이라는 데 전 재산을 걸겠다)는 알아내지 못했다.

"학생들은 운동장으로 이동한다! 당장! 다시 말한다. 지금 당장 운동장으로 이동한다!!"

메가폰의 목소리는 로지어 선생님보다도 더 불행해 보였다.

아까 어른들이 몰고 갈 때와 마찬가지로 우리는 마지못해, 시키는 대로 운동장으로 향했다. 더 많이 엎어지고, 나동그라지고, 거꾸러지고, 욕을 하며.

아무튼 나는 다른 아이들과 함께 마침내 와그너 중학교 운동장에 들어섰다.

낯익은 얼굴들을 휘둘러보다가 드디어 에이미를 발견하고 막 이름을 부르려는 찰나, 누군가가 내 등을 세게 밀었다. 나는 돌아봤다.

모건이었다.

모건은 내 앞에 똑바로 서 있었는데 (내가 보기엔 다른 아이들과 마찬가지로) 기분이 좋아 보이지 않았다.

"네 엉덩이를 완전 작살내줄 테다, 샘."

나는 모건을 바라봤고, 잠깐 동안 주위의 다른 모든 것들이 사라져버렸다. 아이들, 사이렌, 화재, 보라색 연기, 메가폰에서 들리는 화난 목소리도.

나와 모건뿐이었다. 그리고 희한하게도 나는 이런 생각을 하고 있었다. 그렇군, 샐러드 그릇 던진 일을 덮어주면 모건이 나를 용서해줄지 말지, 적어도 이제는 알게 됐네.

13:00

"싸워라! 싸워라! 싸워라!"

근처에 진짜 화재가 발생하고 스무 대 가까운 비상 차량이 학교 밖에 주차하고 한두 대의 뉴스 차량도 곧 보일 것 같고 한술 더 떠 세 대의 자동차가 부딪쳐 엉켜 있는 상황에서, 여러분은 내 동료 바이킹들이 대단치 않을 게 확실한 싸움에 그다지 큰 흥미를 못 느꼈을 거라고 생각할지도 모르겠다.

"싸워라! 싸워라! 싸워라!"

하지만 이 대결이 일방적으로 진행될 거라는 예측이 오히려 모두를 열광하게 만들었나 보다. 어쩌면 다들 응원가라도 부르고 싶었을지도 모르겠다. *샘의 엉덩이는 완전 작살나겠지, 머지않았어! 샘의 엉덩이는 완전 작살나겠지, 머지않았어!* 이런 식의 응원가가 가능한지는 모르겠지만. 하지만 당연히, 응원가는 없었다.

대신에 흔해빠진 그 구호가 울렸다.

"싸워라! 싸워라! 싸워라!"

커다란 포위망(잠시 전 나 혼자 서 있을 때보다 두 배는 넓어진)이 우리 주위에 생겨났다. 크리스는 내가 본 중에 가장 행복한 얼굴로 모건 옆에 서서 모건을 부추기고 있었다. 모건은 위아래로 가볍게 뛰면서 주먹을 쥔 손으로 얄궂은 동작을 하고 있었다. 정말로 이렇게 싸워야 할지 확신이 없는 것 같기도 했고, 아니면 나를 어떤 식으로 때려눕힐지 확실히 결정을 못 한 것 같기도 했다.

나는 그 둘 중에서 앞쪽이기를 간절히 바랐다.

나는 자기 방어에 대한 지식을 재빨리 되짚어봤다. 하지만 내가 아는 거라곤 'X-A 다운'밖에 없다는 걸 깨달았다. 그렇다, 그건 에일리언 워즈에 나오는 방어 자세다. 불행하게도 싸움에 관한 나의 지식은, 오늘 이 순간까지도, 2차원적이고 가상현실적이었다.

현실적인 3차원의 세계로 들어온 걸 환영한다, 샘.

"싸워라! 싸워라! 싸워라!"

모건이 나한테 다가왔다. 나는 눈을 감고 손 두 개가 내 가슴을 치는 걸 느낀 후 뒤로 붕 날았다. 눈을 떠보니 나는 더 이상 두 다리로 서 있지 않았다.

"일어나, 덤벼!" 모건이 명령했다.

나는 진심으로 모건을 더 화나게 하고 싶지 않았지만 가끔은 나도 나를 어쩔 수가 없다.

"명령 말고 부탁을 해야지."

하지만 모건은 화를 내는 대신 다가와서 나를 잡아 일으켜 세우는 친절을 베풀었다. 모건의 입장에선 겁나게 너그러운 행동 아닌가? 나를 일으켜 세운 이유가 다시 자빠뜨리려는 것만 아니라면 말이다.

"싸워라! 싸워라! 싸워라!"

"덤벼, 샘."

모건은 주먹을 쥐었지만 움직이지는 않았다.

"덤비라고?"

빈정대려는 건 아니었다. 모건이 나한테 뭘 원하는 건지 정말로 알 수가 없었다. 포위망 안에 서서 옛 우정의 증표로 자기 주먹에 좋은 과녁이 돼주는 것 말고 내가 뭘 더 해주기를 바란다는 말인가?

무슨 이유에선지 모건이 주먹을 약간 내렸다.

"나를 쳐."

"예에!" 크리스가 신이 나서 소리 질렀다. "난쟁이 샘한테 기회가 왔다!"

나는 잠깐 그렇게 할까 생각해봤다. 그래서 오른손을 말아 쥐고 모건한테 한 발짝 다가갔다. 하지만 그때 어떤 생각이 나를 막

앞다. 내 애처로운 주먹은 모건을 간지럽게도 못한다는 생각 말고 다른 어떤 생각이.

나는 진심으로 모건을 치고 싶지 않았다. 그냥 그랬다. 그래서 손을 옆구리에 붙인 채 그냥 서 있었다.

"싸워라! 싸워라! 싸워라!"

모건이 한 걸음 다가오더니 나를 다시 날려버렸다. 이번엔 풀 위로 좀 더 세게 떨어졌고 기분이 좋지 않았다. 이제는 진짜로 약간 화가 났다.

내가 처박힌 곳 가까이에 에이미의 발이 있었다. 나는 고개를 들고 에이미를 봤다. 겁에 질린 표정으로 보아 에이미가 패자를 응원하고 있다는 걸 알았지만 그렇다고 기분이 나아지진 않았다.

에이미가 몸을 수그리고 나를 일으켜주려 했다.

"샘, 어떻게 좀 해봐."

내 몸이 휘청거렸다. 혼자 일어서긴 버거웠다.

"뭘 어떻게 해?"

에이미가 뒤로 살짝 물러서더니 '나한테 묻지 마' 표정을 지었다.

"에이미," 나는 체육복에 묻은 풀과 흙을 닦아내며 말했다. "혹시 가라테나 뭐 그런 거 할 줄 몰라?"

하지만 언제라도 도와줄 준비가 되어 있는 모건의 손이 나를 질질 끌고 도로 데려갔다.

에이미가 뭔가를 가리켰다.

"뭐?" 나는 에이미한테 소리쳤다.

에이미는 얼굴을 찡그린 채 허리께의 뭔가를 계속 가리키고 있었는데, 나는 에이미의 생각을 도무지 알아차릴 수가 없었다.

"뭐라고?" 나는 한 번 더 소리쳤다.

"싸워라! 싸워라! 싸워라!"

"차버려, 거기….."

에이미가 무슨 말을 하는 건지 이제야 이해가 됐다.

맞다, 당연한 말이다. 나의 유일한 기회. 솔직히 모건을 치고 싶지 않았다. 하지만 치는 것과 차는 건 엄연히 다른 문제다.

모건은 다시 자세를 바로잡고 나를 기다리고 있었다. 크리스는 군침을 삼키며 입에 거품을 물고 있었다. 동료 바이킹들은 '완재 수박'(완전 재수 없는 수학박사)의 희생과 불공평한 주먹다짐 구경에 신이 나서 방방 뛰고 있었다. 그런데 내가 알기론, 지금 우리 학교에 불이 났다. 그러니 또 다른 일이 안 생기란 법도 없지. 채널 2번 뉴스 헬리콥터의 조종사가 내가 두들겨 맞는 걸 즐겁게 지켜보고 있을지도 모른다. 그러다 불길이 시시하게 잡혀버리면, 나를 취재할지도 모른다. 여섯 시 뉴스를 만들려면 어쨌든 기삿거리가 필요할 테니까.

이런 상황에서 내 이름을 부끄럽게 할 수는 없다는 일념으로 내 생각엔 꽤 야무지게 함성을 지르고(대충 이런 소리였다. "이이예에야아 으아이야아아!!!") 모건을 향해 달려들며 눈을 질끈 감은 채 왼발을 디디고 오른발로 세게 찼다. 모건이 아주 민감한 어떤 부위를 잡고 극도로 고통스러워하는 모습을 상상하면서.

그러나 이건 현실이다. 그러니 내 발이 평소보다 훌륭하게 움직일 턱이 있겠어? 나는 가격할 곳을 완전히 잘못 짚어 모건의 정강이 위쪽을 찼다. 그리고 99퍼센트, 극도로 고통스러운 쪽은 내 발등 셋째와 다섯째 발가락 사이의 뼈였다.

"아아아야야아아!!!!!"

현실은 이렇게 상상과는 다르다.

조그마한 강아지가 살짝 부딪치기라도 했다는 듯 모건이 다리를 문질렀다. 나는 왼발로 팔짝팔짝 뛰면서 우리 학교 운동화가 강철코로 된 부츠였으면 얼마나 좋았을까 생각했다.

당연히, 피도 눈물도 없는 구경꾼 바이킹들은 이 장면에 우스워 죽으려고 했다. 내가 수업시간에 농담을 할 땐 아무도 안 웃어주더니. 하지만 이번엔? 손뼉을 치며 배꼽이 빠져라 웃어젖혔다.

너무도 가여운 발을 내려놓는데 다른 생각이 떠올랐다. 그래서 나는 모건한테 달려갔다.(그래, 절뚝거렸다.) 내가 모건을 끌어안으면 우리가 베프였다는 걸 모건이 기억해낼지도 모르니까. 아니면 적어도, 모건이 주먹질을 하기가 조금은 어려워질 테니까.

163

구경꾼들이 나의 행동에 환호성을 보냈다. 하지만 그 결과 나
는 진짜로 강력한 헤드록에 걸리고 말았다. 모건이 나의 귀중한
두뇌 양쪽을 세게 조여왔고 나는 이 생각밖에 안 났다. 혹은 안

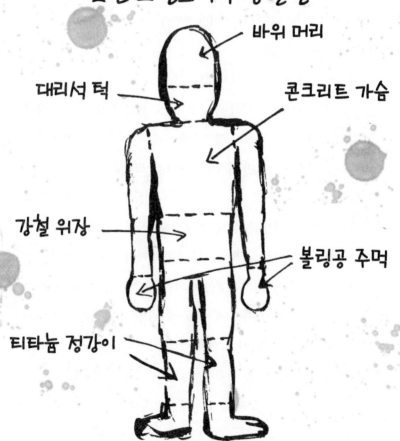

철의 중학 2학년
모건 스털츠의 구성 물질

바위 머리

대리석 턱

콘크리트 가슴

강철 위장

볼링공 주먹

티타늄 정강이

돼. 혹만 빼고 맘대로 해. 콩팥도 괜찮고, 간도 문제없어. 제발 불쌍한 혹만은 그냥 놔둬줘.

모건이 나를 작살내려는 마당에 이런 말을 하면 나를 집요하다고 생각할지 모르겠다. 하지만 진심으로 모건은 체취 제거제를 꼭 바꿔야 한다.(모건이 체취 제거제를 쓴다는 전제가 필요하긴 하지만.)

모건이 화난 목소리로 뭐라고 속삭이기 시작했다.

"너, 왜 내가 멍청하다고 썼냐?" 그리고 나서 한 번 더 초강력 조이기. "왜냐고?!"

"미안해." 내 평생 가장 정직하고 진심 어린 대답이었다. "저어 어엉말로 미안해."

또 다른 속삭임. "왜 그릭스 선생님한테 내가 네 답지 커닝했다고 말했어?"

"뭐라고?!" 이건 진짜 말도 안 되는 소리다. "난 절대로 그런 말 한 적 없어!"

"엠마 제이콥스한테 내가 엠마를 못생겼다고 생각한다는 말은 왜 한 거야?"

이제 모건은 진짜로 점점 더 분노하기 시작했다.

"뭐라고?!" 이런 대화가 가져올 결과는 뻔하다. "난 안―"

"키스 로페스한테 내가 자기를 형편없는 쿼터백으로 생각한다는 말은 왜 했어?"

165

모건은 키스 로페스를 보통 수준의 쿼터백이라고 생각한다. 내가 도대체 뭣 땜에 키드한테 그런 소릴 한단 말인가?(게다가 이건 우선 키드가 내 말을 들어줄 생각이 있다는 전제가 있어야 가능한 일이다.)

이제 나는 무섭다기보다 당황스러웠다.(아니, 사실 끝장나게 무서웠다.) 하지만 우리가 다시 얘기를 하고 있다는 사실이 어쨌든 위로가 됐다. 그래, 아니다, 전혀 아니다. 나는 마침내 확실히 알았다, 모건이 나를 진심으로 미워한다는 걸. 그리고 그건 모건이 나를 때리는 것보다 더 나쁘다.

"난 그런 말 절대로 한 적 없다고!" 나는 모건의 갈비뼈에다 대고 말했다.

"거짓말하지 마!" 자기가 화난 걸 내가 모르기라도 할까 봐 모건이 더 세게 나를 조였다. "다 네가 한 짓이잖아!"

아이들이 참을성을 잃기 시작했다. 나는 싸움에서 지는 것뿐만 아니라 야유를 받는 것에도 서투르다.

모건이 나를 풀어주더니 포위망의 한쪽 끝으로 다시 밀었다.

"사기꾼 새끼!" 모건이 나를 가리키며 내뱉었다.

눈을 살짝 감고 입을 이상하게 비튼 모건의 얼굴에서 지난여름의 일이 떠올랐다. 우리가 모건네 부엌에서 물싸움을 하자(이건 별로 좋은 생각이 아니었음을 인정한다) 모건 엄마가 내 앞에서 모건한테 소리 질렀을 때 모건의 표정이 이랬었다.

"아니야!"

나는 최대한 진심을 담으려고 했다. 그러면서도 눈은, 나에겐 너무 크지만 모건에겐 너무 작은 포위망을 계속 살폈다.

"난 절대로 그런 말을 한 적이 없어."

"거짓말이야!" 크리스가 소리쳤다. "그 새끼, 거짓말이라구!"

상황을 개선할 생각으로 나는 뭐라고 말했다. 별로 현명한 짓은 아니지만 뭐 어쩌겠어? 사방에서 들려오는 소음과 모건이 나를 바라보는 표정에 넋이 나가 그만 혀를 잘못 놀리고 말았다. 포위망 주위의 아이들한테 다 들릴 만큼 큰 소리로 이렇게 말해버렸다.

"난 쪽지에 네가 멍청하다고 쓴 것밖에 없거든."

아이들은 처음엔 환호했다가, 그다음엔 야유하더니, 이제 웃어대기 시작했다.

도대체 그릭스 선생님은 필요할 때는 어디로 가버리고 코빼기도 안 보이는 거지?

"뭘 어쨌다고?!" 모건이 말했다.

모건이 내 말을 들었는지 아닌지, 모건이 당황도 하고 화도 난 건지, 그냥 화만 난 건지 잘 모르겠다.

"그 쪽지…"

지금은 극도로 집중해야 하고 잘못 말하면 안 된다는 걸 잘 알았다. 하지만 뇌가 멈춰버리기라도 할 것처럼 혹에서 불꽃이 쏟아져 나오는 기분이었다.

"네가 우연히 본 그거. 난 그냥, 그러려고 한 게 아닌데, 그냥 네가 멍청하다고 써버렸어. 하지만—"

모건에겐 딱 그거 하나면 충분했다. 크리스가 뒤에서 모건의 등을 살짝 밀자 모건이 나한테 향했고, 구경꾼들이 내내 기다려온 일을 했다. 그게 다가오는 걸 본 것 같았지만 너무 빨랐다. 그때 난 어떤 생각을 했을까? 내가 정말로 맞아도 싸다고 생각한 걸까? 마침내 모건이 이 문제를 해치웠으니 이제 화해를 원할 거라고 기대한 걸까?

내가 아는 건 그게 빠르게, 그리고 세게 왔다는 사실이다. 모건의 주먹과 나의 얼굴. 끔찍한 조합. 초콜릿과 피넛버터 조합의 정반대.

입이 오른쪽 귀 바로 아래 가 있는 느낌으로 나는 땅 위에 누워 있었다. 내가 오늘 오후에만 두 번째로 뻗어 있는 몇 초 동안, 구경꾼들은 환호했지만 나는 아니었다. 나는 잠깐 동안 눈을 감고 욱신거림의 왕좌가 혹에서 턱으로 바뀌는 걸 느끼고 있었다.

다시 눈을 떴을 때 시야에 들어온 에이미가 하도 속상해 보여서 나보다 에이미가 더 가엾게 여겨졌다. 놀랍게도 나는 어쨌든 다시 일어나 모건을 바라봤다. 내가 포위망을 비집고 나가버리지 않는 것에 모건은 많이 놀란 것 같았다.

168

"맛을 더 보고 싶은 모양인데!" 크리스가 고함을 질렀다. "예에! 더 먹여줘!"

이 마당에도 나의 일부는 여전히 우리가 모르샘이길 바랐다. 하지만 지금 모건은 내게 그냥 다른 애들과 똑같은 존재였다. 이 학교를 최악으로 만드는 또 다른 비열한 아이. 그런 생각이 들자 모건과 내가 처음부터 친구이긴 했을까 하는 의문이 들었다.

나는 모건한테 곧장 달려들었다. 모건이 주먹을 들기에 모건의 다리로 덤벼들었다. 이번엔 모건을 쓰러뜨리려고 작정했다. 전에 우리 집 거실에선 쓰러뜨리는 척만 했는데 그건 모건한테 자신감을 심어주기 위해 그랬던 거니까. 나는 공중으로 펄쩍 뛰어올라 모건한테 부딪친 뒤 짤막한 팔로 모건의 굵은 다리통을 감싸 안았고 모건과 함께 땅바닥으로 쓰러지는 걸 느꼈다.

내 인기가 급상승했지만 사실 아이들은 단지 싸움이 끝나지 않은 것에 기뻐했을 뿐이다. 당연한 일이지만, 와그너 중학교의 주전 러닝백(감사하게도 방금 나 혼자서 이 거물을 쓰러뜨린 거다)이 금방 내 위로 올라타서 내 팔을 자기 다리 아래 눌러놓고 내 입을 아까와는 반대쪽으로 돌려버리려고 했다.

그때 낯익은 목소리가 포위망을 뚫고 들어왔다.

"그만! 당장 그만둬! 놔줘!!"

누군지 모르지만 엄청나게 강한 힘의 소유자가 갑자기 모건을 나한테서 떼어내 일으켰다. 고개를 들어 보니 글래스너 선생님이 (분노로 눈을 크게 뜨고 입으로는 "그만! 그만! 그만!" 소리 지르며) 모건을 거의 머리 위로 들고 있었다. 모건은 글래스너 선생님의 강력한 손에 꽉 붙들린 채 공중에서 몸부림치고 있었다.

글래스너 선생님이 모건을 붙잡은 손을 조이면서 눈을 점점 크게 떴다. 마치 모건을 와그너 중학교 너머로 날려 보내버릴 듯한 기세였다. 그런데 결정적인 순간에 Z 선생님이 포위망을 뚫고 들어오며 소리쳤다.

"글래스너, 안 돼요! 멈춰요! 멈춰!!"

글래스너 선생님이 딱 멈췄다. 순간 선생님은 자기가 누군지, 여기가 어딘지 생각하는 표정이었다.

글래스너 선생님이 한때의 내 베프를 내려놓자 Z 선생님이 나를 자기 쪽으로 당겼다. 글래스너 선생님은 여전히 한 손으로 모건의 팔뚝을 꽉 붙잡고 있었다. 내 머리가 Z 선생님의 팔과 스카프와 길고 굽슬굽슬한 머리카락에 파묻혀 있는데도 여전히 경보 소리가 들려왔다. 왜 그런지 누가 알겠는가? 이 미친 곳에서 왜 이런 일들이 벌어지는 건지 과연 누가 알겠는가?

13:11

"괜찮니, 샘?" Z 선생님이 나를 놓아주며 물었다.

이미 경보가 꺼진 게 분명했다. 그 소리는 그저 내 머릿속에서만 울리고 있었던 거다.

"어디 한번 보자."

Z 선생님이 초록색과 보라색 얼룩이 묻은 집게손가락 끝으로 내 턱을 부드럽게 들어 올렸다.

우리는 여전히 운동장에 앉아 있었는데 지금은 우리 둘뿐이었다. 나는 학교 쪽으로 등을 돌리고 있었지만 모두들 학교가 거대한 잿더미가 되지 않은 걸 안타까워하며 학교 안으로 끌려 들어가는 모습이 그려졌다. 확인하기 위해 뒤돌아보고 싶었지만 뭔가가 그러지 못하게 나를 막았다.

"이런, 샘." Z 선생님이 내 턱을 살펴보며 말했다. "얼음이 있어야겠구나."

선생님의 어깨 너머로 학교 주변의 집들이 보였다. 그 집들 정원에는 하얀 꽃으로 뒤덮인 나무들이 많이 있었다. 태양은 빛나고 풀은 정말로 푸르렀다. 우리 엄마가 이런 풍경을 봤다면 이렇게 말했을 거다. "와우, 소풍 가면 딱 좋겠네."

"일어날래?" Z 선생님이 물었다.

학교 쪽에서 목소리가 들려왔다. 아마 동료 바이킹들이겠지. 걔들 중 반쯤은 내가 울고 있는지, 아니면 피를 흘리고 있는지(아니면 둘 다인지) 살펴보려는 거겠지. 그리고 모두들 아까의 싸움을 떠올리며 제법 볼 만했다고 입을 모으겠지.

"일어설 수 있겠어?" Z 선생님이 다시 물었다.

"네."

대답은 했지만 별로 기운이 없었다.

"다행이다. 내가 도와줄게."

선생님이 먼저 일어나 흙을 털고 나서 손을 내밀었다.

"혼자 할 수 있어요."

턱이 비대칭이 되면서 균형 감각도 약간 망가졌지만 그래도 혼자 일어설 수 있었다.

"괜찮니?"

어디로 가는지 모르지만 비행기 한 대가 하얀 선을 그리며 날아

172

가고 있었다. 설령 눈먼 원숭이가 그 비행기를 몰고 있더라도 지금 그걸 타고 하늘을 날고 있다면 얼마나 좋을까.

"학교로 돌아가지 않을래? 랜던 선생님이 턱을 봐주실 거야."

비행기가 지나간 자리에 구름이 생겨났다.

"샘." Z 선생님이 내 어깨 위에 손을 얹으며 말했다. "이만 돌아가자."

올려다보니 Z 선생님은 억지웃음을 짓고 있었다. 무슨 말이냐면 얼굴 다른 부분은 굳은 채 입만 웃고 있었다는 뜻이다.

"있지, 샘." 선생님이 머리를 천천히 흔들며 말했다. "오늘 일 미안하구나. 정말 미안해. 넌 오늘 부당한 일을 당했어."

나도 그렇게 생각하지만 그렇다고 기분이 좋아지지는 않았다. 전혀.

"하지만, 알다시피, 이젠 끝났어."

선생님이 다시 웃었다. 이번에는 진짜로, 적어도 얼굴의 반만큼은 진짜로 웃고 있었다.

"넌 이제 넘어선 거야."

"넘어섰다고요?"

나는 사람들이 멍청하게 굴 때 정말 싫다. 현명한 사람들이 멍청하게 굴 때는 훨씬 더 싫다.

나는 돌아서서 학교를 향해 걸어가기 시작했다. 아직 안으로 들

173

어가지 않은 학생들과 선생님들이 몇 있었다. 경찰차들은 가버렸고 소방관들이 건물에 물을 뿌리고 있었다. 연기도, 펑 하는 소리도 더 이상 없었다.

"그래, 잘 모르겠구나."

Z 선생님이 내 곁으로 다가왔다. 우리는 함께 와그너 중학교를 바라봤다.

"가끔 넌 뭔가 두려울 거야. 그런 일이 생기면 죽을 것 같다고 생각하겠지. 그리고 실제로 그런 일이 벌어져. 하지만 어때? 넌 죽지 않아. 죽지 않을 뿐 아니라 쓸데없이 걱정할 일도 없어지지."

나는 학교를 향해 아주 천천히 걸었다. 그러고 싶어서는 아니었다. 이제 '끝났다니까' 고대할 게 많아서였다. 얼굴에 멍이 든 채로 돌아다니면서 모건-샘 결투에서 누가 이겼는지 기억나게 해주기, 친구 하나도 없이 지내기, 구내식당 저편에 앉은 옛 친구들이 내 얼굴의 멍이 평생 사귄 친구 숫자보다 많다면서 비웃는 걸 지켜보기. 그래, *끝났다. 모두 다 끝났다.*

우리는 아무 말 없이 함께 학교를 향해 천천히 걸었다. Z 선생님이 조용히 있어주는 것에 대해, 나를 위로하려고 애써봐야 소용없다는 걸 알 만큼 현명한 것에 대해 하마터면 고맙다고 할 뻔했다. 그때 선생님이 걸음을 멈추었다.

"샘."

나는 대답하지 않았다.

"샘." 선생님이 다시 불렀다. 이번에는 단호했다.

나는 걸음을 멈추지도 않았다.

"제발 샘, 들어줘." 선생님이 억누르듯 말했다.

우리는 벌써 아스팔트 위로 올라섰다. 15초 뒤면 학교 건물 안에 들어설 거다.

"왜요?"

나는 멈춰 서서 물었지만 궁금해서는 아니었다.

Z 선생님이 나를 바라보곤 먼 곳을 바라보다가 또 나를 바라봤다. 입술 한쪽을 깨물고 숨을 들이마셨다 내쉬었다 했지만 한 마디도 하지 않았다.

"왜요?"

"네 말이 맞아."

선생님이 나를 똑바로 바라보며 마침내 입을 열었다.

"이건 형편없어. 이건 정말, 제대로, 심각하게 형편없는 일이야. 그리고 너 그거 아니? 중학교, 이것도 마찬가지로 쓰레기야. 이건 내 경험에서 나오는 말이야. 넌 중학교에 고작 2년 있었지만 난 여기서 13년째야. 13년이라고, 샘. 그러니 너도 짐작하겠지만, 내가 비열한 일들을 얼마나 많이 봤겠니?"

Z 선생님의 목소리가 잦아들었다. 소방차 쪽을 바라보는 걸로

봐서 아마 찌그러진 자기 차를 생각하는 듯했다.

"네, 그런데요?"

"그냥 그렇다고." 선생님이 눈썹을 치켜 올리며 말했다. "너도 이미 알고 있겠지만. 그래서 으음, 내가 조언을 하자면, 기다려. 인내심을 가지고. 네가 영원히 여기에 있진 않을 테니까. 그동안 너와 이곳은 내내 잘 안 맞겠지만, 그래도 너답게 지내. 모건과 그 패거리는 널 못마땅해하겠지만, 다른 사람들은 그렇지 않을 거야. 그리고─"

"다른 사람들 누구요?"

"누구라니?" Z 선생님이 당황한 듯 도로 물었다.

"그러니까 선생님이 말한 다른 사람들 말이에요."

선생님은 아무 말도 하지 않았다.

"저, 심각해요."

얼굴에서 아직까지는 멀쩡했던 부분들이 벌게지기 시작했다.

"저를 괜찮은 애라고 생각하는 사람들이 대체 누군데요? 말씀해보세요."

Z 선생님은 눈을 감았다. 눈을 깜빡한 게 아니라 감았다. 아주 긴 시간이 흐른 것 같았다. 선생님이 안경을 벗더니 헐렁한 소매로 눈을 닦고는, 내 생각엔, 코를 훌쩍거렸다. 선생님이 다시 눈을 떴을 때 나는 안경을 벗은 선생님의 눈을 볼 수 있었다. 선생

님의 눈은 예전 어느 때보다 더 크고 푸르렀다. 선생님의 눈이 너무 커서 나는 쳐다볼 수가 없었다.

"나야, 샘." 선생님이 말했다. "내가 널 괜찮은 애라고 생각해. 난 그래. 그리고 나처럼 생각하는 애들이 있다는 걸 난 알아. 비록 여기가," 선생님이 건물을 가리켰다. "이 지긋지긋한 곳이 걔들이 그 사실을 인정하기 어렵게 만들지만 말이야. 그러니까, 그 사실을 기꺼이 인정할 만한 애들한테 친절하게 대하렴. 그게 네가 할 수 있는 전부니까. 그뿐이야."

Z 선생님은 다시 안경을 쓰고 또 한 번 훌쩍이고는 학교 쪽으로 돌아서서 건물 입구 쪽으로 걸어갔다. 혼자서. 웬일인지 내 몸이 굳어서 움직일 수 없었기 때문이다.

13:19

"좀 어떠냐, 샘?"

교장선생님이 나와 모건 가까이로 의자를 당겨 와서 다리를 꼬고 앉았다. 아마 교장 학교에서 이런 걸 배웠나 보다. 싸움을 한 아이들과 대화를 나눌 때는 어디에 어떻게 앉아야 하는지를.

"괜찮아요." 나는 교장선생님에게, 아니면 모건한테 대답했다.

"샘," 교장선생님이 다리를 풀었다가 반대쪽으로 다시 꼬았다. "여기 와그너 중학교에서 우리의 첫 번째 임무가 무엇인지 아니?"

나는 그냥 고개만 흔들었다. 지금은, 특히 모건이 내 옆에 앉아 있는 상황에서는 진심으로 교장선생님과 어떤 대화도 나누고 싶지 않았기 때문이다.

"넌 우리의 첫 번째 임무가 교육이라고 생각할지 모르겠다. 그것도 아주 중요하지만 첫째는 아니다, 아니지. 우리의 첫 번째 임

와그너 중학교의 주요 운영 방침
아니면 벤슨 교장선생님이 학교가
책임지는 일이라고 생각하는 5가지

1. 우리의 안전

2. 우리의 교육

3. 우리의 지루함
(최소 하루 여덟 시간 동안)

4. 왜 프랑스에서 태어나지 않았을까 생각하도록 만드는 계기.
아마 프랑스는 많은 것들이 여기와 다르지 싶다.

5. 고등학교에 갈 날을 목 빠지게 기다리도록 만드는 기회.
여기보다 더 끔찍한 곳이 존재하리라고는 상상도 할 수 없으니까.

무는 너희들의 안전이란다."

교장선생님이 잠시 말을 멈췄다. 내 생각엔 틀림없이 내가 놀라기를 바란 것 같다. 맞다, 약간 놀랐다. 이미 물 건너간 일이지만.

179

"그리고 우린 오늘 그 임무 수행에 실패했다. 그래서,"

또 말을 멈췄다. 왜 그러는지 알 게 뭐람.

"개인적으로 너한테 사과를 하고 싶구나. 너한테 이런 일이 절대로 다시 생기지 않게 하겠다고 약속하마. 절대로다, 샘. 내가 이학교에 있는 한은."

"알겠습니다." 교장선생님이 다른 말도 기다리고 있는 게 분명했기 때문에 나는 이렇게 덧붙였다. "고맙습니다."

"그래, 샘. 그리고 나 말고도 너한테 사과해야 할 사람이 여기또 있구나."

교장선생님이 살짝 웃으며 모건한테 고개를 돌렸다.

어색한 침묵이 한동안 흘렀다.

"모건, 친구한테 뭐 하고 싶은 말 없니?"

모건이 목청을 가다듬더니 뭐라고 중얼거렸다.

교장선생님이 눈을 몇 번 깜박거렸다. 아마 텁수룩한 수염 밑으로 턱도 악물고 있는지 모른다.

"모건, 네가 방금 한 말을 한 번 더 해줘야겠다. 그런데 이번에는 좀 더 분명하게 말해라. 네가 하는 말에 진심이 담겨 있는지 생각하면서 말했으면 한다. 그리고 샘, 네가 원한다면, 모건의 진심을 알 수 있도록 모건을 바라봐도 좋다."

고개를 돌리려고 했지만 안 됐다. 턱이 아파서만은 아니었다.

대신 나는 신발에 시선을 고정시켰다.

"미안하다."

모건의 이 말에 실낱같은 진심이 담겨 있었는지도 모르겠다.

"고맙다, 모건. 샘, 오늘 일어난 일을 어떻게 처리할지 너도 여기서 들었으면 한다. 보통은 오늘 같은 신체적 충돌이 있었을 경우 관련자 두 사람 다 정학을 받게 된다. 하지만 수많은 목격자들에 따르면 넌 이 충돌에 동의하지 않았을 뿐만 아니라 이걸 피할 마땅한 방법도 없었다고 들었다. 그래서 넌 처벌을 받지 않는다. 반면에 모건은 무기정학을 받게 됐다. 하지만 화재 원인으로 여겨지는 중대한 정보를 제공했기 때문에,"

나는 고개를 들고 교장선생님을 쳐다봤다.

"그랬기 때문에 모건은 2주 뒤에 학교로 돌아오게 될 거다."

"무슨 정보요?" 내가 물었다.

"미안하다, 샘." 교장선생님이 그리 미안해 보이지 않는 얼굴로 말했다. "지금으로서는 상세히 밝힐 수가 없구나."

"말도 안 돼요."

무슨 말을 하는지도 모른 채 나는 이렇게 내뱉었다. 하지만 교장선생님은 아무 말이 없었다.

"죄송해요." 그러고는 입을 다물려고 했지만 나도 모르게 중얼거렸다. "하지만 말은 안 돼요."

"샘."

교장선생님은 미소를 지으려고 애쓰는 것 같았다. 하지만 알 게 뭔가.

"네가 불만스러운 건 이해하지만 이런 상황에는 따라야 하는 절차가 있다는 걸 이해해다오. 보고서를 정리해야 하고 부모님들께도 알려야 하고 국가기관도 여러 곳 접촉해야 한단다. 적당한 때가 되면 네가 알아야 할 것들을 듣게 될 거다."

"국가기관요?"

나는 다시 모건을 보려고 했지만 머리가 말을 듣지 않았다. 그래서 다시 신발을 봤다.

"크리스는 어디 있어요?"

교장선생님이 손톱을 들여다봤다.

"크리스 태글리는 와그너 중학교로 돌아오지 않을 거다."

더 긴 침묵.

크리스는 가버리고, 이 모든 결과 뒤에, 나는 어떻게 되는 걸까?

"얘들아." 교장선생님이 침묵을 깼다. "오늘 일로 내가 지키는 좌우명에 대해 다시 생각해보게 됐다. 한번 들어보겠니?"

우리 둘 다 대답했다. "네." 공손하지만 그리 적극적이진 않게.

"이 좌우명이 매력적인 건 그 심오함에도 불구하고 그리 길지 않다는 거다."

우리가 이 정보에 감동을 받는지 살펴보려는 것처럼 교장선생님이 우리를 바라봤다.

"바로 이 다섯 마디다. '내게 생긴 일은 내게 달렸다.' 너희들도 공감할 거라고 생각–"

그때 노크 소리가 났다.

교장선생님이 "잠깐만." 하고 일어나 재킷 단추를 채우고는 문을 조금만 열었다.

"안녕하십니까… 벤슨 교장입니다… 그렇습니다… 와주셔서 감사합니다."

그러고는 문을 닫더니 우리한테 말했다.

"얘들아, 난 지금 밖에 계신 분들과 따로 할 얘기가 있다. 둘 다 잘 알 거라고 믿지만, 내가 이 문 밖에 있는 동안 너희들이 어떤 어리석은 일을 벌인다면 엄청난 대가가 따를 거다."

나는 고개를 끄덕였다. 아마 모건도 그렇게 했을 거다.

그리하여 나와 모건, 그리고 내 신발만 남게 되었다.

13:23

"교장선생님한테 뭐라고 했는데?"

나는 신발을 빤히 보면서 모건한테 물었다.

"크리스가 불을 냈다고." 모건이 웅얼거렸다.

"그걸 어떻게 알아?"

"봤으니까." 모건이 좀 더 분명한 소리로 말했다.

"선생님들이 네 말을 믿디?"

"한 달 전에 크리스가 이메일을 몇 번 보냈어." 이메일이 세상에서 가장 멍청한 것이라도 된다는 투로 모건이 말했다. "어떻게 불을 낼 건지 적어놨더라. 적절한 때를 찾고 있다고."

모건을 쳐다보려고 했지만 시선이 되돌아오고 말았다.

"불은 어떻게 낸 건데?"

"우리 실험실 근처에 로지어 선생님이 화학약품을 넣어놓고 문을 안 잠그는 캐비닛이 있어. 그리고 바로 옆엔 쓰레기통이 있지. 크리스는 쓰레기통에 더러운 자기 옷을 넣고 화학약품을 붓고는 그 안에 성냥을 떨어뜨렸어."

모건은 요리 역사상 가장 흥미 없는 레시피를 읽어대듯 큰 소리로 말했다.

"근데 왜 하필 오늘이야?"

모건은 그냥 어깨만 으쓱했다.

"혹시 우리 둘을 밖에 내보내려고 그랬던 거야?"

모건은 아무 말도 하지 않았다.

"넌 왜 그걸 교장선생님한테 말한 거야?"

나는 다시 신발을 내려다봤다. 변화를 주기 위해 이번엔 다른 쪽 신발을.

모건은 대답하지 않았다.

"네가 크리스를 학교에서 쫓아낸 거잖아."

"크리스는 멍청한 짓을 너무 많이 했어."

모건은 이 사실을 이제야 처음 깨달았다는 듯이 말했다.

나는 기분이 나아졌고, 나도 같은 생각이라는 걸 알려주려고 모건을 쳐다봤다. 하지만 모건은 앞쪽의 바이킹 코드만 똑바로 노려보고 있었다.

"교장선생님이 그러시더라. 풋볼 코치가 내년 첫 두 경기에 나

185

를 안 내보낼지도 모른다고. 어쩌면 네 경기가 될지도 모르고. 크리스 그 자식은, 아무것도 신경 안 쓰니까."

문 너머에서 세 사람의 목소리가 들려왔다. 남자 둘에 여자 하나. 무슨 말을 하고 있는지는 알아들을 수 없었다. 하지만 목소리는 상당히 또렷했고 심지어 귀에 익었다.

"내가 그런 말 안 했다는 거 너도 알 거야."

나는 모건이 알든 말든 신경 쓰지 않는다는 투로 말했다.

"그래서?"

신경 쓰지 않는다는 투로 말하는 건 역시 모건이 나보다 한 수 위다.

"그러니까, (또 신발을 내려다보며) 그러니까 난 그런 말 한 적이 없다고. 그리고 그 쪽지도 아무한테도 줄 생각 없었어. 거기 쓴 게 진심도 아니었고."

"그런데?"

나는 다시 모건을 보려고 했다. 이번에는 턱이 덜덜 떨려도 시선을 피하지 않으리라 다짐하면서. 그랬다, 턱이 많이 아팠다. 혹이 아팠던 것보다 훨씬 더 많이.

"우릴 싸우게 만들려고 크리스가 지어낸 헛소리였다구."

모건은 포스터에서 뭔가 재미있는 걸 발견한 모양이었다. 계속 그걸 쳐다보고 있었으니까. 모건은 거의 필사적으로 매달리는 것 같았다. 맞다, 정말로 그랬다. 모건은 시합을 못 뛰면 죽을지도 모른다. 풋볼은 멍청한 것인지도 모르지만, 모건을 행복하게, 아주 행복하게 하는 것이다. 그렇다면 풋볼이 그리 멍청한 건 결코 아닌지도 모르겠다. 만약 우리가, 아니 내가, 그러니까 내 행동 때문에 모건이 시합을 못 뛰게 되면 어떡하지? 어쩌면 그 쪽지와 그동안 내가 줄곧 잘난 척한 것 때문에 모건이 크리스의 이간질에 넘어간 것일지도 모른다. 모건이 시합 날에 유니폼을 못 입게 되고 내가 그 일에 관련이 (아주 작은 비중이라도, 사실은 제법 큰 비중으로) 있다면 어떻게 그걸 만회할 수 있을까?

하지만 모건만 받아들인다면 화해를 할 수 있을지도 모른다.

"그러니까," 나는 모건한테, 적어도 모건의 신발한테 말했다. "우리, 그러니까, 다시 친하게 지낼 수 있겠지? 이제 크리스도 없으니까."

모건이 의자 밑으로 신발을 끌어당겼다. 고개를 들다가 모건의 오른손에서 붉은 자국을 발견했다. 내 턱이 모건의 주먹에 남긴 흔적.

모건이 웃는 것 같았다. 어이없다는 듯이. 이 모든 일이 정말 어처구니없다는 듯이.

교장실은 조용했다. 하지만 내겐 여전히 모건의 웃음소리가 들렸다. 처음보다 더 크고 뚜렷하게 들렸다. 그리고 갑자기 모건과 유니폼이 떠올랐다. 나는 모건한테서 돌아앉아 문 너머의 소리에 귀 기울였다. 그리고 교장선생님이 돌아오기를 기다리는 사람이 나 혼자인 것처럼 앉아 있었다.

모건은 2주일 동안 학교에 없을 거다. 크리스는 더 오랫동안 없을 거다. 2주일 동안 점심시간에 어디에 앉을지 생각해봐야 한다.

문이 열렸다, 이번에는 활짝. 모건의 부모님이 교장선생님 옆에 서 있었다. 두 분은 그리 기분 좋아 보이지 않았다. 모건 엄마가 나를 알아봤지만 그것도 순간이었다. 초등학교 1학년 때부터 한 달에 두 번은 모건네 집 식탁에서 저녁을 먹었는데도.

"가자, 모건." 모건 아빠가 말했다.

하지만 모건이 미처 일어서기도 전에 교장선생님이 갑자기 문을 닫아버렸다. 목소리가 다시 커졌는데 이번에는 세 사람이 넘었다. 그리고 새로운 목소리. 두 목소리는 모건의 부모님 목소리보다 훨씬, 훠어얼씬 귀에 익었다. 무슨 말을 하고 있는지는 여전히 알 수 없지만, 말투로 보아 그 뜻은 충분히 짐작할 수 있었다.

우리 아빠: 샘은 어디 있습니까?

우리 엄마: 샘은 괜찮아요? 확실해요?

이건 무슨 의미냐면 엄마가 세인트루이스에서 예정보다 일찍 돌아왔다는 거다. 심지어 무슨 일이 있었는지 듣기도 전에. 그건 엄마가 나를 사랑한다는 뜻이다. 많이. 게다가 아빠도 만사를 제쳐놓고 여기에 왔다. 엄마 혼자서 나를 데려갈 수 있는 게 확실한데도.

부모님 목소리의 떨림이 문을 뚫고 내 안으로 곧장 전해져 들어온 모양이다. 그게 아니라면 내가 이렇게 떨릴 리가 없지 않은가?

문이 다시 열렸을 때 잠시 굳어 있던 모건이 한 발짝 걸어갔다. 피하려고 애쓰는 것 같은데도 모건의 눈이 잠시 나를 향했다. 그 순간 나는 흔들리기 시작했고 눈자위로 뭔가가 느껴졌다. 지금 이러면 안 된다. 두들겨 맞은 건 그렇다 치고, 모건한테 우는 모습까지 보일 수는 없다.

그래서 나는 뭔가를 했다. 영화에서 봤거나 책에서 읽었거나 아니면 즉석에서 떠오른 생각인지도 모르지만, 나는 입술 안쪽을 깨물었다. 입술이 너무 아파서 신경 회로에 합선이 일어나고 그래서 떨림이 멎고 흐르려던 눈물이 뚝 그치게 아프도록 꽉 깨물었다. 하지만 아무 보람이 없는 것 같아 더 세게 깨물었다. 부어오른 턱을 악물고 이 사이로 입술 안쪽이 씹히는 게 느껴질 때까지 깨물었다. 오늘 내가 느낀 그 어떤 통증보다 더 아플 때까지 계속 깨물었다. 마침내 나는 눈을 감고 교장실 안에 있는 모든 공기를 들이마셔야 할 지경이 되었다. 동시에 교장실이 기울더니 이리저리 뒤집히기 시작하는 것 같았다.

13:15:52~
13:15:59

옛날 옛적에 샘 루이스라는 소년이 살았다. 그런데 어느 날 샘과 예전 베프 모건은 싸움을 했다는 이유로 교장실에 앉아 있었다. 샘의 부모와 모건의 부모는 교장실 바로 밖에서 기다리고 있었다. 교장선생님이 문을 열자 부모 네 명이 모두 교장실 안으로 몰려들어왔다.

사실은, 옛날 옛적에 모건이 먼저 교장실에서 나가서 부모님과 함께 영원히 사라졌다. 그 뒤에 샘이 밖으로 나와 부모님을 끌어안았다.

아니다. 옛날 옛적에 모건과 부모님이 영원히 사라진 직후, 샘의 부모님은 아들의 턱을 본 뒤 끌어안았다. 그러고는 턱을 그렇게 만든 사람이거나 한 것처럼 교장선생님을 쳐다봤다. 그러자 교장선생님이 다시 사과를 했는데 이번에는 진심인 것 같았다. 샘의 엄마가 아들을 끌어안았고, 거의 1분 가까이 그러고 있자 샘의 아빠가 말했다. "여보, 이제 갑시다."

세 사람은 계란 타는 냄새가 나는 학교를 걸어 나가다가 우연히 글래스너 선생님을 만났다. 선생님은 웃으며 샘의 부모님과 악수하고 사과를 했다. "오늘 일은 정말 죄송하게 생각합니다. 하지만 잃은 것만 있는 건 아닙니다." 샘과 부모님이 당황해서 무슨 소리냐는 듯 바라보자 선생님이 설명했다. "오늘 던바에서 열릴 예정이던 모임을 조정할 수 있었습니다. 샘, 오늘 힘든 일이 많았지만, 그래도 한 시간 뒤면 자랑스러운 수학천재로 활약하지 않겠니? 보통의 경우라면 기회가 날아가고 말았겠지만 오늘은 특별 심사위원 덕분에 시합이 취소되지 않아 얼마나 다행인지 모르겠구나."

유일한 문제는 다른 애들이 벌써 다 하교했다는 거였다. 학교에 불이 나서 남은 수업이 취소되었기 때문이다. 미시건 수학올림픽협회의 규정에 의하면 한 팀은 적어도 세 명의 선수를 내보내야 하는데 그러지 못하면 기권으로 처리된다. 그 규정을 너무나 잘 알고 있는 글래스너 선생님이 말했다. "엘리엇 바움가튼을 남겨놨어." 샘은 웃지 않으려고 애썼고 선생님은 웃으며 말했다. "사실 엘리엇이 주전 선수감이 아니란 건 인정한다. 하지만 1번과 2번 선수가 실력자라면 괜찮을 거야."

"누가 2번 선수가 될 건데요?"

그래서 선생님과 샘은 학교를 둘러보기 시작했다. 2분 뒤에 누굴 찾았는지 아는가? 바로 다른 누구도 아닌 에이미 다카하라였다. 라틴어 접두사 공부를 하며 부모님이 데리러 오기를 기다리면서 샘을 걱정하고 있던 바로 그 에이미였다. 처음에 에이미는 출전을 거부했지만 샘이 그날 저녁에 그리스어 접미사 공부를 도와주겠다고 하자 동의했다. 그래서 그들은 던바로 갔고 거기서 눈부신 활약을 한 덕분에 패배한 상대 팀마저도 샘한테 박수갈채를 보냈다. 박수 소리가 잦아들자 대머리 특별 심사위원인 데이비스 교수가 샘한테 달려와 말했다. "정말 인상적이었다. 네 앞에는 정말 밝은 미래가 기다리고 있단다." 교수의 말이 옳았다. 시합이 끝나고 그들 모두 함께 피자를 먹은 뒤부터 에이미와 샘은 날마다 점심시간에 함께 앉게 되었다.

옛날 옛적 그때부터 에이미와 샘은 날마다 함께 점심을 먹었다. 그런데 3학년 1학기 10월 중순, 아빠가 새 일자리를 얻는 바람에 에이미가 이번에는 플로리다 주 올란도로 이사를 가게 되었다. 그리하여 그 어느 때보다 행복했던 6개월 만에 샘은 또다시 외로운 루저가 되고 말았다. 샘은 늘 구내식당에 혼자 앉아 모건을 지켜봤다. 풋볼팀의 주장이자 학교에서 가장 인기 있는 인물인 모건은 옛 친구들에 둘러싸여 점심을 먹었다. 그중엔 여자애들도 한둘 있는 것 같았다. 3학년은, 특히 멋있는 3학년은 항상 여자친구가 있는 법이다.

아니다. 사실 옛날 옛적에 샘은 다시 외로운 루저가 되었지만 그것도 잠깐 동안이었다. 추수감사절 무렵에 새 친구, 어쩌면 두 명이나 되는 새 친구를 사귀었기 때문이다. 적어도 한 명은 확실했다. 대런이라는 곱슬머리 친구가 샘한테 아주 자주 초코바를 나눠줬기 때문이다.

샘과 모건은 가끔 복도에서 서로 스쳐 지나갔다. 이즈음엔 그 둘이 친구가 아닌 게 확실했기 때문에 모건은 더 이상 샘을 무시조차 하지 않았다. 샘은 학교에 있는 그냥 그런 애들 중 하나일 뿐이었다. 가끔씩 샘은 모건에 대한 새로운 소식이나 헛소문을 들었다. 고등학교 팀으로부터 함께 운동하자는 제의를 받았다는 둥, 벤치프레스를 90킬로그램이나 들었다는 둥, 머지않아 슈퍼모델이 될 게 확실해 보이는 켈리 데이비슨과 데이트를 했다는 둥. 샘은 이런 소식에 관심이 있었지만 그렇게 많이는 아니었다.

3학년 2학기에 샘과 모건은 함께 요리 수업을 받게 될 것이다. 둘 다 수강 신청을 하지 않았지만 운명의 장난으로 말이다. 게다가 둘은 같은 모둠에 들어가게 될 것이다. 처음에는 완전히 어색하지만 점차 아무렇지도 않게 되어갈 것이다.(그리고 함께 즐기게도 될 것이다. 특히 레드 벨벳 케이크 만들기에 망했을 때는.) 그러나 정확히 말하자면 둘은 다시 친구가 되지는 않을 것이다. 모르샘과 같은 우정은 끝이 났고 그런 우정은 결코 완전히 회복될 수 없기 때문이다. 그래도 둘이서 함께 사진도 찍게 될 것이다. 6월, 중학교 졸업식을 마친 뒤에 각자 졸업식 가운과 학사모를 쓰고 같은 이유로 활짝 웃으면서.

진짜 사실은 이렇다. 옛날 옛적에 샘 루이스와 모건 스털츠는 베프였다. 그러다가 둘은 친구이기를 그만두었다. 그리고 좋든 싫든, 둘은 더 이상 다시는 친구가 아니었다. 하지만 오랜 시간 둘은 분명히 베프로 지냈었다. 어쩌면 둘 다에게 평생 다시는 만나지 못할 진짜 베프였는지도 모른다.

그러나 모든 게 끝났다.

13:16

나는 눈을 뜨고 입술을 풀고 교장실이 정상 상태로 돌아간 것을 느꼈다. 아마도 내내 서 있었을 모건은 나를 다른 별에서 온 생명체처럼 바라봤지만 아무 말도 하지 않았다. 대신 모건은 여전히 얘기 소리가 들려오는 문 쪽으로 몇 발짝 다가갔다.

"헤이, 모건."

모건은 교장선생님 책상 바로 옆에서 멈춰 섰지만, 나를 바라볼 생각 같은 건 하지 않았다.

"뭐?"

"모건."

나는 한 번 더 조용히 이름을 불렀다.

이번에는 모건이 돌아섰는데 약간 화가 난 것 같았다.

"뭐?"

이번에는 내가 모건을 쳐다봤다. 더 이상 내 신발이나 모건의 신발로 눈을 돌리지 않았다. 모건이 내 말을 확실히 듣게 하려고 나는 잠시 기다렸다.

입과 턱은 여전히 아팠지만 내 평생 그 어느 때보다 더 또렷하게 말할 수 있었다.

"잘 가라."

　우리는 성장 과정에서 많은 또래를 만나고 그중 누군가와는 친구라는 존재로 삶을 공유하는 소중한 관계를 맺게 된다. 누군가는 어떤 결정적인 계기를 통해 운명적인 친구가 되기도 하고 누군가는 어쩌다 보니 자연스럽게 친구가 되기도 한다. 하지만 친구는 결코 영원히 변함없는 관계가 아니다. 한때는 일심동체 같았던 친구가 남보다 못한 존재가 되는 경우도 허다하다. 친구가 되는 과정에 논리적 설명이 힘든 것처럼 친구가 '친구 아닌 존재'가 되는 과정도 설명하기 어렵지만 엄연한 현실이다. 이 책의 주인공 샘이 겪는 비극이 바로 그것이다.

　샘은 초등학교 1학년 때 모건과 함께 킥볼 시합을 승리로 이끌면서 친구가 된다. 그후로 다양한 경험을 함께 나누면서 둘은 누구나 인정하는 '베프'가 되지만 중학교에 오면서 둘의 관계에 금이 가기 시작한다. 이런 변화의 근본적인 이유는 두 사람의 관심사가 달라진 것이겠지만 그에 못지않게 둘을 둘러싼 '중학교'라는 환경도 상당한 영향을 미친다.

현직 중학교 교사로서 나는 소설 속 주커먼 선생님의 고백이 남의 얘기 같지가 않았다. 중학교에서 벌어지는 비열한 일들을 나도 숱하게 지켜본 탓이리라. 집단의 일원이 된 아이들은 개인적인 판단력을 상당히 상실한 채 집단의 흐름에 휩쓸려가는 경향이 큰 것 같다. 집단이 벌이는 일에는 도덕적 판단을 하지 않고 그저 동참하려는 경향 말이다. 그리고 이 집단은 무언가 바람직하지 않은 일에 더 열성적이라는 게 늘 안타깝다.

미숙한 아이들이 함께 생활하는 학교에서 이런 일이 많이 벌어지는 것은 당연하지만 그럼에도 안타까움을 느낄 때가 많다. 학교는 사회생활을 '배우는' 곳인데 아이들이 학교에서 '배운' 대로 '행동'하지 않을 때가 훨씬 많기 때문이다.

세상은 수많은 사람들이 함께 살아가는 곳이고 그 속에 나와 똑같은 사람은 없다. 물론 나와 좀 더 맞는 사람, 나와 좀 더 잘 통하는 사람은 있을 것이다. 그러나 그것이 나와 많이 다른 사람, 나와 잘 안 통하는 사람을 배척하는 이유가 될 수는 없다. 모든 사람과 원만한 관계를 맺고 살아가는 법을 배우는 곳이 학교다. 아이들이 학교에서 이 중요한 가치를 잘 배우고 익혔으면 좋겠다. 그리고 꼭 '배운' 대로 '행동'했으면 좋겠다. 그래서 샘처럼 힘들고 외로운 사람에게 힘과 위로가 되어주는 아이들이 우리의 학교에 많아졌으면 좋겠다.

시간의 흐름 속에 변하지 않는 것은 거의 없다. '우정'도 예외일
수는 없다. 한때 죽고 못 살던 친구가 남처럼 서먹한 사이가 되는
일도 흔하다. 하지만 샘과 모건처럼 '적'이 되어서는 안 될 것 같
다. 우정을 잘 키우고 지켜가는 지혜와 노력이 필요하듯이 시들어
가는 우정을 아름답게 마무리하는 지혜에 대해서도 이 책을 통해
한 번쯤 생각해보았으면 좋겠다.

2015년 6월
김영아